大富豪同心

怪盗 世直し衆

幡大介

双葉文庫

目次

第一章　おカネが来た　7
第二章　消えた帳簿と頼母子講《たのもしこう》　111
第三章　仇討《あだう》ち二人　217

怪盗　世直し衆

大富豪同心

第一章　おカネが来た

一

陰気な雨が降っていた。空には暗い雲が低く垂れ込めている。江戸じゅうの景色がすべて、町家《まちや》の甍《いらか》も、遠くに見える寺の伽藍《がらん》も、彩りのない灰色に染められていた。

一艘の猪牙舟《ちょきぶね》が水路を進んでいた。舟の客は華奢《きゃしゃ》な身体の若旦那。漆塗りの笠に蠟引《ろうび》きの合羽《かっぱ》。値のかさみそうな高級品ばかりを着けていた。

「ご覧よ銀八《ぎんぱち》。ひどい雨だねぇ。これじゃあ舟の上に乗っているのか、川の水に浸《つ》かっているのか、わからないよ」

舟底には雨水が溜まっていた。雨粒がいくつもの波紋を描いていた。

「へい、ただいま掻《か》き出しますでげす」

舟には小桶が備えつけられている。銀八は水を掬《すく》い取って川面《かわも》に捨てた。

だが雨量はあまりにも多い。掻き出すよりも先に多くの雨が降り注ぐ。

「舟底に栓を作っておけば、水を抜くことができるんじゃないかね」

「なにを言ってるんでげすか。舟底に穴をあけたりしたら、たちまち舟が沈んじまうでげすよ」

「そういうもんかね」

卯之吉《うのきち》はのんびりと煙管《キセル》を取り出した。船頭に訊《たず》ねる。

「莨盆《たばこぼん》はどこかね」

船頭は呆れ顔だ。

「この大雨ですぜ。莨盆の火なんか、とっくに消えてますよ」

莨盆には、莨に火を着けるための炭火が埋《うず》められているのだが、それも雨水に浸かっていた。

船頭は操船で忙しい。水嵩《みずかさ》もどんどん増してきやがる」

「流れが早いぜ。水嵩もどんどん増してきやがる」

海まで流されたらどうなるのか。遭難しそうだ。銀八は青い顔となった。

「若旦那、こんな大雨の日に出掛けなくたっていいじゃねぇでげすか」

「そうは言うけどね、昨日も、おとといも、その前の日も、ずーっと雨が降っていたんだよ。晴れるのを待っていたら、どこにも遊びに行けないよ」

船頭が棹を操りながら言う。

「オイラは下総《しもうさ》から来た出稼ぎですがね、オイラの村も長雨続きだ。今年も不作に違いねぇ。お天道様が照ってくれねぇものだから、稲が根腐れしていやがるんでさぁ」

「お百姓衆は、さぞ、大変だろうねぇ」

「さぁ、無駄口を叩いている間に着きやしたぜ」

船頭は舟を深川《ふかがわ》の桟橋に着けた。

深川は江戸でも指折りの遊里《ゆうり》である。粋な深川芸者と酔客《すいきやく》たちが行き交い、夜になっても真昼のように明るい——はずだったのだが、

「まるで田圃《たんぼ》だねぇ」

卯之吉は呆れている。路《みち》は一面の水浸《みずびた》しだ。一歩踏み出すと、足指の間に泥がムニュッと入ってきた。

「まるで田植えをしているみたいだよ」

「深川の一帯は、元はといえば干潟《ひがた》でげすから」

宅地に向かない低湿地なので武家屋敷などは建てられず、結果として料理茶屋などの遊興施設が建てられた。江戸時代の初期には幕府から見捨てられていた土地だったのだ。

そのせいで今でも、ちょっとした雨で水害に遭《あ》う。

それでも遊興を諦めないのが卯之吉だ。四苦八苦しながら馴染《なじ》みの料理茶屋に到着した。

店の入り口のすぐ横に調理場がある。仕入れた魚を客に見せるためだ。客は魚を見定めて「その魚を膾《なます》（刺身）で頼む」などと注文する。

今日は店の前で鱸《すずき》が跳ね回っていた。

「いい魚を仕入れたね。活きが良いよ」

板前が苦笑した。

「仕入れたんじゃやねぇんでげす。魚のほうから店に飛び込んで参りやした」

「どういうことかね」

「長雨で大川《おおかわ》の川面も上がりやしてね、上げ潮の時には裏の水路まで潮水が遡《さかのぼ》って来るんですよ。海の魚が路地に打ち上げられてピチピチ跳ねまわるってぇ寸法なんでさぁ」

「それは……都合が良いのか、困った話なのか、判別がつかないねぇ」

「困りものですよ。縁の下にまで潮水が入り込んでくるんですからね。オイラの塒《ねぐら》なんざ、床板の下で雑魚《ざこ》が泳いでますよ」

冗談なのか、本当の話なのか、わからない。

座敷が開かれ、芸者衆もやってきた。陰気な雨とは裏腹に、賑やかな宴席が始まった。

「とらとーら、とーらとらー、それ！」

屏風《びようぶ》が立てられて卯之吉と沢田彦太郎《さわだひこたろう》が〝拳《けん》〟に興じている。ジャンケンと同じ三すくみで勝ち負けを競う遊びだ。

沢田が虎のしぐさをしながら屏風の陰から顔を出す。すっかり酔って顔は真っ赤だ。普段は厳《いか》めしい南町奉行所《みなみまちぶぎようしよ》の内与力《うちよりき》なのだが、酔態はじつに見苦しい。

一方の卯之吉は虎退治の豪傑〝和藤内《わとうない》〟の扮装だ。この拳は卯之吉の勝ちであった。

「やあ、負けた負けた」

沢田が額をピシャリと叩いた。すかさず芸者たちが沢田に取りついて、手に朱《しゅ》塗《ぬ》りの大盃を持たせる。酒が並々と注がれた。負けた側の罰《ばつ》である。芸者が三味線を奏でる。「ソレソレ」と煽《あお》られて沢田は杯《はい》を干していく。卯之吉は金屏風の前で踊っている。

沢田は「プハーッ」と酒臭い息を吐いた。

「もう飲めん。勘弁してくれ」

立ち上がろうとしてその場にへたり込んでしまう。自分の席にも戻れない。

深川芸者の菊野《きくの》は呆れ顔だ。

「本当に飲み過ぎですよ」

沢田は、若い芸者たちに介添えされて席に戻ると呵々大笑《かかたいしょう》した。

「卯之吉の奢《おご》りだ。わしの懐は痛まぬ。飲まんでどうする」

幇間《ほうかん》の銀八は呆れ顔だ。

「本当に吝嗇《りんしょく》な（ケチ臭い）御方でげすなぁ」

沢田には聞こえない。

「深川は楽しい場所だ！」

菊野は浮かぬ顔つきだ。

「近頃は、安心してお座敷も開けないんですよ。なにやら物騒なのでねぇ」

「どういうことだ」

「今にも打ち壊しが起こりそうでねぇ、恐くて芸者も近寄りません」

打ち壊しは一揆《いっき》と同じものだ。農村部で起こると一揆と呼ばれ、都市部で起こると打ち壊しと呼ばれる。

菊野がため息をもらした。

「深川は江戸の外れ。江戸の外から困窮した人たちがやって来る場所……」

銀八も続けて沢田に訴える。

「三年続きの長雨でげしょう？　村々は飢えているでげす。食い詰めたお百姓さんの衆が、食い扶持《ぶち》を求めて江戸に押しかけるんでげすよ」

「仕事を求めて来られてもねぇ、この不景気で、江戸っ子まで仕事にあぶれて困っているというのに、よそ様に務まる仕事なんか、あるはずもないんですよ」

「人間、飢えたら、かっぱらいでも盗みでも、手を染めるでげす」

そして深川の治安が悪くなる。

「なんとかしておくんなさいな、沢田様」

「困ってるお人に救いの手を差し伸べるのも、町奉行所の仕事でげしょう？」

真面目な顔で迫る二人を、沢田は両手で押しとどめた。

「仕事の話なんかするな！　今宵《こよい》は南町奉行所内与力としてではなく、新橋《しんばし》の呉服屋、四国屋《しこくや》の旦那として遊びに来ておるのだ！　酒が不味《まず》くなるではないか」

沢田は二人を振りきって立ち上がり、踊りだした。

「頼りにならないねぇ」という顔つきで菊野と銀八は見送った。

窓の障子は開けられている。雨の夜景が見えた。

遠くで松明《たいまつ》が揺れている。農村を逃れた流浪《るろう》の者たちが荒野に小屋を立てて暮らしているのに違いない。

＊

翌日の昼間。江戸一番の札差《ふださし》にして両替商の三国屋徳右衛門《みくにやとくえもん》は、江戸城からの呼び出しを受けた。

札差も両替商もその身分は商人《あきんど》であるが、肝入《きもいり》（商業団体の会長）ともなると幕府の財政にも関与する。ほぼ役人であり、裃《かみしも》を着けての登城《とじょう》が許された。

正月などには将軍家の目通り（対面して挨拶を交わすこと）の栄誉にも浴した

のだからたいしたものだ。

今月の月番老中《つきばんろうじゅう》は甘利備前守《あまりびぜんのかみ》であった。新進気鋭の若き老中である。将軍からの憶えもめでたいとの評判であった。

老中は常に四、五名が在任しており、月毎《つきごと》に交代で幕政の責任者を務める。これを月番制《つきばんせい》という。

甘利備前守は堂々と広間に入ってきて上座に座った。徳右衛門は平伏《へいふく》して迎えた。

甘利が声をかけてくる。

「先の幸千代君《ゆきちよぎみ》の騒動では大儀であった。上様も、その方《ほう》の働きぶりに感心し、たいそうなお喜びであったぞ」

徳右衛門はいっそう深々と拝礼する。

「過分なお褒めの言葉を頂戴いたしました。我が身の果報、末代までの誉れにございまする」

甘利は「うむ」と頷くと、「面《おもて》をあげよ」と命じた。

「ついては、もう一働きを頼みたい。他でもない甲斐国《かいのくに》のことじゃ」

幸千代の育った国だ。

「彼《か》の地では、いまだ人心が鎮まらず、領民たちは正業に就かず、渡世人の如《ごと》くに街道を彷徨《さまよ》っておる。徳右衛門、なんぞ良策はあるか」

徳右衛門は「ハッ」と畏《かしこ》まって即答する。

「乱れた国を立て直すためには、商いを立て直すことが第一と心得まする。働けば働いただけの稼ぎが得られる。そうとなれば、誰もが真面目に働きましょう」

「まったくもって道理であるな。さようならばそなたの出番じゃ。そなたの手腕をもって、甲斐一国の商いを立て直してもらいたい」

「ご公儀よりのご下命《かめい》とあらば、否《いな》やはございませぬ」

「上様からの、たっての願いじゃ。そのほうに万事を任せる、とのお言葉であったぞ」

「有り難き幸せ。老骨《ろうこつ》に鞭打って励みまする」

徳右衛門は再び平伏した。

徳右衛門は有能な商人だけに気ぜわしい。のろまなことは性分に合わない。急いで三国屋に戻ると、早速、甲斐への出立《しゅったつ》の準備を始めた。

手代《てだい》の喜七《きしち》を呼んで、話を伝える。

「そういう次第でね、甲斐国に行くことになりましたよ。留守は頼んだからね」

喜七にとっても急な話だ。

「左様に言いつけられましても、大旦那様のいないあいだの店の仕切りは、いかにしたものかと……」

「心配には及ばない。ちょうど良い者が江戸に来ているんだ。お入り」

座敷の外に声をかける。入室してきた相手を見るなり、喜七の顔色が変わった。

「あなた様は……！」

喜七の額に、恐怖の汗が滲《にじ》み始めた。

二

翌日の朝。その日も小雨が降っていた。

八丁堀《はっちょうぼり》には町奉行所同心たちの暮らす家（役宅）が建ち並んでいる。

卯之吉の役宅では一悶着《ひともんちゃく》が起ころうとしていた。

「三国屋の徳右衛門殿が甲斐国へ？」

美鈴《みすず》が目を丸くしている。

卯之吉と、牢人剣客の水谷弥五郎《みずたにやごろう》、売れない歌舞伎役者の由利之丞《ゆりのじょう》、銀八と顔を揃えての朝食だ。水谷と由利之丞は飯を食う銭にも事欠くと、卯之吉の役宅まで只飯《ただめし》を食いにやってくる。

徳右衛門の甲斐国下向《げこう》を報せたのは水谷であった。

「手代の喜七が拙者のところに報せに来た。道中の用心棒を頼みたい、という話でな」

卯之吉はのんびりと聞いている。

「水谷先生も甲斐までご旅行ですかえ」

「いや、泣く泣く断った」

銀八が首を傾《かし》げる。

「どうしてでげすか。いつでも銭に困っていなさるのに」

水谷弥五郎は渋い表情だ。

「三国屋はけちん坊ゆえな……。こっちが命を張って頑張っても駄賃は少ない」

由利之丞が大飯食らいの箸をとめながら嘴《くちばし》を突っ込んでくる。

「それに比べて若旦那は気前がいいからね。ちょっと働けば、こっちがびっくりするぐらいお駄賃を頂戴できるよ」

だから徳右衛門の用心棒は断って、卯之吉の役宅にやって来たのだ。なにか仕事にありつけないか、と思っている。

「現金な話でげすねぇ」

揶揄《やゆ》めいた銀八の物言いに水谷が立腹した。

「我らは困窮の極みにあるのだ！　仕事を選ばぬことには、生きてゆくことすらままならぬ！」

「堂々と言い放つことじゃあねぇでげしょう」

銀八の小声は、幸いにして水谷の耳には届かなかったようだ。

由利之丞は箸を動かしながら質《ただ》す。

「大旦那さんがお留守の間、三国屋はどなたが差配なさるんだろうね？」

卯之吉に目を向ける。

「ここは若旦那が一肌脱いで、お店に戻る、とか？」

卯之吉は「ふふっ」と笑った。

「まさか。あたしみたいな放蕩者《ほうとうもの》がお店を差配したりしたら、三国屋ほどの大店《おおだな》であっても半年で潰れますよ」

由利之丞は小声で水谷に囁《ささや》く。

「自分のことがよくわかってるよ」

「笑いながら言う話でもあるまいがのぅ」

その時であった。役宅の上がり框《かまち》のほうから来客の気配が伝わってきた。

「頼もう！」

女人の声だ。由利之丞が箸を止めて顔を向けた。

「お客のようだよ」

銀八が腰を上げる。

「あっしが出ましょう」

由利之丞は再びガツガツと飯をむさぼる。

「朝早くから客が来るなんて、同心様も大変だねぇ」

町人の陳情か、嘆願か、それとも犯罪被害者の相談か、多くの理由で町人たちがやってくる。

水谷弥五郎は眉根を寄せている。

「女人ではあるが権高《けんだか》な物言いであった。もしかすると女武芸者が試合を求めてきたのかも知れぬな」

卯之吉は剣客同心《けんかくどうしん》。江戸で五本の指に数えられる剣豪――ということになっている。勝負を挑んでくる者は枚挙に暇《いとま》がない。挑戦者が来た時には代わりに試合を受けて撃退するのが水谷の役目であった。

ドタバタと騒々しい足音がする。

「ちょ、ちょっと待っておくんなさい」

銀八の声が聞こえた。誰かを止めようとしているようだ。

「いよいよ怪しい」

水谷は刀を摑んで引き寄せた。と同時に、廊下に通じる障子がパーンと開けられた。

一人の女人が立っている。年の頃は五十代の半《なか》ばか。

いったい誰だ、と皆が目を向けている。一呼吸置いて銀八が女人の足にすがりついた。

「勝手に入られては困るでげす！」

女人が叫ぶ。

「甥《おい》の家に入るのに、なんの遠慮がいるものか！」

女人は座敷に踏み込んできた。卯之吉は「おや」と首を傾げた。

「叔母上様ではございませんかえ」

その場の一同が卯之吉に目を向けて「叔母上？」と聞き返した。

卯之吉の叔母にはとても見えない。女豪傑の風格だ。こっちの女人のほうが江戸で五指に数えられる剣客のように見える。

叔母は鋭い眼光をその場の全員に投げつけた。

「お前たちは、なんだえ？」

気迫であろう。水谷は気圧《けお》されてしまい、モゴモゴと答える。

「八巻《やまき》殿の……手先というか、なんと申すか」

「郎党《ろうとう》かい」

「まぁ、そのような者で……」

「ならば一同に申し渡す！」

女人は胸を反らした。

「あたしが今日から甥の卯之吉の後見役を務めるカネだよ！　この顔をよぅく見覚えておおき！」

「後見役……でござるか？　おカネ殿とおっしゃる」

由利之丞は卯之吉に擦り寄って質《ただ》す。

「若旦那、そんな話、聞いてるのかい？」

卯之吉は薄笑いを浮かべている。なにがなんだか話が飲みこめていない時の顔つきだ、と由利之丞は思った。

＊

京橋《きょうばし》と新橋の間には目抜き通りが伸びていて、江戸でも有数の豪商が軒を並べていた。

小雨の降る中でも商人たちは働いている。通りに面して荷が詰まれ、荷車や小僧（上方でいう丁稚《でっち》）が行き交った。

そんな中、誰よりも足早に一人の商人がやって来た。唐傘《からかさ》を差している。四十代後半の四角い顔。眉毛が太くて精気に満ちた顔つきだ。

商人は〝粟津屋《あわづや》〟と看板のかかった商家に向かう。店の前で箒《ほうき》をかけていた小僧が気づいて暖簾《のれん》をかき上げた。

「旦那さん、お帰りなさいませ」

粟津屋の主人、八左衛門《はちざえもん》は、傘をすぼめると小僧に渡した。店の者たちからの挨拶もそこそこに奥座敷へと向かう。番頭が摺《す》り足《あし》でついてきた。

奥座敷には文机《ふづくえ》が置かれ、大福帳などが積まれていた。八左衛門が座る。番頭が折り目正しく正座した。

八左衛門の目がギロリと光る。番頭を睨みつけた。

「三国屋の徳右衛門が江戸を離れたそうだ。耳にしているか？」

番頭は「へい」と答える。

「ご老中様のご下命で、甲斐国へ下った由《よし》にございます」

八左衛門は「ふん」と鼻を鳴らし、つづいて腹黒そうな笑みを浮かべた。

「願ってもないことだね。三国屋に代わって、この粟津屋八左衛門が江戸一番の商人にのし上がる、その好機の到来だよ」

「では……。かねてよりの秘策を実行する、との仰《おお》せで？」

「その通りさ」

八左衛門は雨の庭に目を向ける。腹の底から笑いが込み上げてきた。

「三国屋の跡取りは、遊里で評判の大たわけだ。道に小判を撒《ま》いて喜んでいるような放蕩者だよ。三国屋は半年で潰れるだろう。いいや、この八左衛門が潰してみせようじゃないか」

「面白くなってまいりましたな」

番頭もまた、悪相でほくそ笑んでいる。

＊

その頃、卯之吉の役宅では、ちょっとした騒動が起きていた。

おカネは障子の桟《さん》を指先でキュッとなぞった。指先をキッと睨みつける。

「汚れている！」

美鈴と銀八はたちまち竦《すく》み上った。

おカネの憤怒は止まらない。

「町奉行所同心の役宅が薄汚れていたのでは町人たちに示しがつかない。あんたたち、恥ずかしいとは思わないのかい！」

銀八は弾けるように動き出す。

「はいッ、ただいま、綺麗にするでげす」

美鈴ははたきをパタパタとかけ始めた。すかさずお小言が飛ぶ。

「はたきは上からかける！　埃は上から降ってくるんだ、下からはたきをかけていったんじゃ、上にはたきをかけた時に落ちてくる埃が下に積もって、綺麗にしたはずの下が、また埃まみれになるじゃないか！」

銀八は箒で畳を掃いている。それを見ておカネは再び激怒だ。

「箒をかけるのは、はたきをかけ終えてからだよ！」

美鈴は言われた通りに背伸びをして、天井のほうにはたきをかけた。すかさずおカネのお叱りが飛ぶ。

「高い所にこびりついた煤《すす》は、はたきじゃ落ちない！　灰汁《あく》洗いの職人にしか綺麗にできないよ！　家中に煤が飛んで真っ黒になるじゃないか！」

裏庭では由利之丞と水谷が桶で水を運んでいる。

「大変なことになった」

「本当に若旦那の叔母さんなのかい。気性がぜんぜん違うよ」

「水桶はまだかいッ」

座敷のほうからおカネの激怒の声がした。


それから一刻《いっとき》（約二時間）ばかりが過ぎた。

南町奉行所同心の尾上伸平《おがみしんぺい》と玉木弥之助《たまきやのすけ》が連れ立って歩いてくる。卯之吉の役宅の前を通り掛かった。

途端に二人は異変に気づいた。卯之吉の役宅から「ヤアッ、トオッ」という掛け声が聞こえてくるのだ。美鈴の声ではない。だいぶ年嵩《としかさ》の女性の声だ。

玉木は眉根をキュッと寄せた。

「なんだろう、騒々《そうぞう》しいぜ」

同心二人は背伸びをすると、卯之吉の役宅の生け垣の上から庭を覗き込んだ。

途端に、薙刀《なぎなた》の切っ先がビュッと突き出されてきた。とはいっても稽古用の木製だが、それでも二人は虚《きょ》を衝《つ》かれて動転した。

生け垣の扉がバーンと開かれる。襷《たすき》掛けした女人――おカネが飛びだしてきた。

「なんじゃお前たちは。訪《おとな》いも入れずに人の屋敷を覗き込むとは！　さては盗っ人の類《たぐい》か！」

尾上はムッと顔を顰《しか》める。

「この腰の十手《じって》を見て『盗っ人か』ってぇ物言いはねぇだろう。おまえさんこそ何者だよ」

「人に名を訊ねる時は、自分から名乗れッ」

ブウン、ブウンと薙刀を大車輪に振り回す。同心二人はほうほうの態《てい》で逃げだした。

同心の役宅の異変を放置はできない。尾上と玉木は、内与力の沢田彦太郎に出馬を願って連れてきた。

「まったくとんでもねぇ女なんですから」

尾上が沢田に訴える。玉木も「そうですそうです」と同意した。

「内与力様のご威光で、ガツンと言ってやってくださいよ」

沢田は重々しく頷き返した。

「八丁堀で騒動を起こすとはけしからん。厳しく叱ってくれようぞ」

卯之吉の役宅の前に立つ。

「頼もう！　南町奉行所内与力、沢田彦太郎である！」

おカネが出てきた。

「なんだい。……おや？　お前さんは、彦坊かい？」

沢田彦太郎を見るなり、そう言った。

沢田彦太郎は仰天した表情だ。

「そう言うそこもとは、ま、まさか！　おカネ姉ちゃんか？」

おカネは渋い面相で頷いた。まるで幼児の悪戯《いたずら》を叱る子守娘の顔つきだ。

「弱虫で泣き虫の彦坊が、今じゃあ町奉行所の内与力様だってのかい」

「いや、その……わしの出世を喜んでくれ……いや、その」

おカネはグイッと踏み出してくる。

「吉原で見苦しい遊びをしてる内与力がいるってぇ話を聞いたが、それは彦坊だったのかい！」

沢田は両手を振った。

「滅相もない！　拙者は粋な遊びを心掛け、銭の払いもきれいなもので――」

「やっぱり遊んでるじゃないか！」

「け、けっしてそのようなことは」

「あんたが子供の頃、ガキ大将から守ってやったあたしに嘘をつくってのかい！この、寝小便漏らしの彦坊が――」

「あわわわ！　ともあれ、これより町奉行所の役儀がござるので、本日のところはこれにて御免！」

沢田彦太郎は後ろも見ずに走り去った。尾上と玉木は急いで後を追う。尾上が訊ねる。

「いったい何者なんです、あの猛女」

沢田は足も止めずに逃げていく。ゴクリと唾を飲みこんだ。

「あれは、三国屋の徳右衛門の姪、おカネだ。行儀見習いの武家奉公として、わしの屋敷に仕えておった」

江戸時代、町人の娘にとって武家屋敷での奉公は就学に近い。礼儀作法や言葉づかい、文字の読み書き、和歌、楽器の演奏や絵画などを奉公先で習うのだ。

「わしは、おカネ姉ちゃんには頭が上らぬ。わしの手にはおえん」

沢田は額に汗まで浮かべてそう言い切った。

三

荒海《あらうみ》一家は裏社会では知らぬ者もない武闘派の俠客《きようかく》一家であったが、表看板は口入れ屋である。口入れ屋とは人材派遣業のことだ。

その口入れ屋の店先に大勢の人々が押し寄せてきた。一家の者たちもおおわらわだ。代貸《だいがし》(一の子分)の寅三《とらぞう》が大声を張り上げる。

「仕事ったってなァ、天から降ってくるわけじゃあねぇんだ。だいたい手前《て め》ぇたち、手形は持っているのかい。身許がはっきりしねぇ者を武家屋敷に奉公させるわけにゃあいかねぇ。田畑を捨てて逃散《ちようさん》してきたような野郎に仕事を世話するわけにはいかねぇんだ！」

逃散とは年貢を払う義務を放棄して田を捨てることをいう。当時の法では犯罪であった。

それでも大勢の者たちは、やいのやいのと訴えながら押し寄せてくる。

「仕事を世話してもらえねぇと生きてゆけねぇ」

「子供が腹を空かせて待ってるんだ」

「うちには乳飲み子もいるんだよ」

聞き捨てにできない、悲痛な話だ。寅三は「困ったことになったぜ」と呟くと、店の奥の三右衛門《さんえもん》の座敷に向かった。

廊下で両膝を揃える。座敷の中から三右衛門の声が聞こえた。

「店先がずいぶんと賑やかだな」

寅三は障子を開けた。親分の三右衛門は長火鉢を前に据えて座っていた。寅三は頭を下げる。

「奉公の口がある時なら、商売繁盛なんでござんすが、この不景気だ。お大名やお旗本のお屋敷でも奉公人なんざ求めちゃいねぇんで。紹介できる仕事がひとつもねぇんでございまさぁ」

不景気は武家社会も直撃している。飢饉《ききん》で年貢米も少ない。新規に人を雇うどころか、ただいま雇っている中間《ちゅうげん》や下男に払う給金にすら、事欠く有り様だ。店先からは争う声がひっきりなしに聞こえている。

「ずいぶんといきり立っていやがるな」

「目は落ち窪み、頬は痩せこけ、飯もろくに食っていねぇありさまなんで。腹を空かせていれば、いきり立ちもするでしょうぜ」

「良かぁねぇな。ひもじい腹を抱えた奴らが江戸に大勢集まっていやがる。それで仕事にもありつけねぇとなりゃあ、考えることはひとつだ。自棄《やけ》っぱちになって悪事に手を染める」

飢え死にするよりは、犯罪者になるほうを選んでしまう。

三右衛門は思案した末に、寅三に命じる。

「飯を出してやれ」

「焚《た》き出《だ》しですかい」

「とりあえず腹を膨らませとけば大人しくなるだろう。それにだぜ、この荒海一家を『頼りになる』と見込んでやって来たんだ。オイラを頼ってきたやつらを無下に追い返すのも忍びねぇ。せめて飯でも食わしてやらにゃあ、オイラの顔も立たねぇだろうよ」

「合点《がってん》しやした」

寅三は台所に向かう。三右衛門は険しい面相で顎など撫《な》でた。

「いつになったらこの江戸に、平穏な暮らしが戻るんだろうな」
＊

世情はどこまでも暗く、険しくなっていく一方であったが、ひとり卯之吉だけはのんびりとした顔つきでシャナリシャナリと通りを歩いている。

一軒の屋敷の門前に立つ。そこは蘭学者、松永雪斎《まつながせっさい》の家であった。

卯之吉が訪いを入れると、すぐさま雪斎が奥から出てきた。座敷の真ん中で対面する。

「これはこれは若君様！　本日はお忍びでのご来訪にございますか。ようこそお渡りくださいました！」

老中の屋敷で卯之吉に学問を教授していた蘭学者である。卯之吉のことを徳川家の若君、幸千代だと、今でも信じ込んでいる。

「教えを受けておきながら束脩《そくしゅう》も納めていなかったからね」

束脩とは入門料、授業料のことだ。

「ほんの少しだけれど持参したよ。どうぞお納めくださいましよ」

銀八が三方《さんぼう》に小判の包み金を、六つ積み上げたものを運んでくる。

包み金はひとつで小判が二十五両入っている。六つ合わせて百五十両だ。小判が一枚あれば中流の町人家族が一カ月暮らせる。

蘭学者は喜びを隠さない。

「おお！　かほどの大金、生まれて初めて目にいたしました！」

「教えていただいたことに比べれば、まだまだ御礼が足りないけどねぇ」

「さすがは徳川将軍家……。若君様の大器、次期将軍家に相応《ふさわ》しい。ありがたきことにございます」

銀八は気が気でない。

「なんだかとんでもねぇ勘違いが始まったでげす」

そう呟いたが、幸いにして蘭学者の耳には届かなかったようだ。

「この雪斎、もてる限りの学識を尽くしまして、若君様の向学にお応えしていく覚悟にございます！」

「ありがたいねぇ。早速だけれど、それは何かね」

卯之吉は『自分は若君ではない』と、誤解を解くつもりは毛頭ないらしい。説明するのが面倒臭い。それよりもこの屋敷には珍奇な品々がいっぱいあって、そっちに夢中だ。

卯之吉が関心を示したのは謎めいた器械であった。小壺の真ん中に細いガラスの管が立てられている。管の中には水銀が通してあるようだ。そして目盛りが刻まれていた。

「さすがは若君様。よいところに目をおつけなされました。これは長崎渡りの唐《から》物《もの》で『気圧計』と申します。気圧とは、我々を取り巻く空気の重さ。気圧高ければ天は晴れ渡り、低ければ雨が降り、より低ければ風雨の荒れ狂う嵐となります」

「ほう！　その器械を使えば、空を見なくても天気がわかると言うのかい」

蘭学者は嬉々として仕組みを教える。卯之吉は「ふむふむ」と熱心に聞いている。蘭学の素養のある卯之吉は理解できたようだが、銀八にはどういう仕組みなのかさっぱりわからない。

「庭をご覧くださいませ。あれに設置してあるのが『風向風速計《ふうこうふうそくけい》』にございます」

庭にも不可思議な器械が置かれてあった。横棒から蝶番《ちようつがい》を介して長方形の板がぶら下がっていて、風に吹かれて揺れている。板の横には分度器が設置されていた。

「あの板が風を受ければ、風の強さに比例して板は斜めに吹き上げられます。その角度を読み取ることで、風の強さを計りまする」

板が常に正面から風を受けることができるように、風見鶏の力で回る構造になっている。

「なるほど。簡単な仕組みなのに精巧にできているねぇ」

「気圧と風速を計ることは、天気を知るうえで不可欠なことにございまするぞ」

なぜ気圧と風速によって天気が予測できるのか、その理《ことわり》（仕組み）について蘭学者は細かく説明した。卯之吉は熱心に聞き入っている。話についていけない銀八はひたすら退屈だ。

天候談義は続く。

「ここ数年、長雨ばかりで寒い夏が続いたよ。米は穫れず、百姓衆も田畑を捨てた者が多い。誰も彼もが困っているのさ」

「年貢米の取れ高が少なくなり、大公儀《おおこうぎ》はさぞご心痛にございましょう」

「川の水嵩も増している。堤が切れて大水が溢れ出し、一村が丸ごと流された、なんて話も聞いてるよ」

「まことにおそろしき世情」

「なにか打つ手はないものかねぇ」

卯之吉とすれば、ほんの世間話のつもりだ。

しかし蘭学者は〝次期将軍の若君から諮問《しもん》された〟と受け取った。学者としては大いに名誉だ。学び貯めた学識を活かすのはまさにこの時、とばかりに発奮した。

「農政、についてのご諮問にございまするな」

「のうせい？　うん」

のうせいとはなんなのか。銀八にはわからない。もしかしたら卯之吉でもわからなかったかもしれない。

蘭学者は堰《せき》を切ったように施策を披露しはじめた。さすがの卯之吉も目を丸くするばかりで相槌も打てない。

蘭学者は滔々《とうとう》と講釈し続ける。

「河川を改修し、田畑を整え、冷夏や長雨にも負けぬ強い作物を育てる。このような施策は一朝一夕には成り立ちませぬ。手前の如き老体の、残り少なき寿命では、どうにもしがたき難事にございます」

「無理かね」

「されど若き経世家《けいせいか》ならば、あるいはその一生を以て、若君様のご負託《ふたく》にお答えできるかもしれませぬ。手前、いささかの心当たりがございます。濱島与右衛門《はましまよえもん》と申す学者にございましてな。若さに似あわぬ傑物《けつぶつ》。まさに一個の天才と申せましょう」

「そんなすごいお人がいるのかね。会ってみたいねぇ」

「されば、紹介状をお書きいたしましょう」

蘭学者は早速にも筆を取って紹介状をしたため始めた。

「将軍家の若君と知れば、彼《か》の者もまた、一代の誉《ほま》れと感じましょう」

「あっ、それは困るんで、あたしのことは大店の若旦那、ということにしておいておくれじゃないか」

「ははぁ、なるほど。お忍びでございますな。心得ました」

四

卯之吉と銀八は、雪斎に教えてもらった場所に向かった。

「そんな凄いお人がいるなんてねぇ。是非とも会ってみたいねぇ」

「……いつもの道楽が始まったでげす」

学問も（同心の務めすらも）卯之吉にとっては道楽。気になったならばどこまでも突き詰めずにはいられない。

「難儀など性分でげす」

お供の銀八はもっと難儀だ。

紹介された場所に急ぐ。そこは大川の東岸に広がる湿地帯であった。葦《あし》が生い茂り、いたるところに泥沼が見受けられた。

「薄ッ気味の悪い所でげすねぇ……足元は泥だらけ、地べたなのか、それとも泥沼なのかもわからねぇでげすよ」

一歩踏み出すごとに泥が草鞋《わらじ》の底に張りつく。

雨は止んでいる。気温が下がり、沼地のいたるところから濃霧が湧いた。視界を遮《さえぎ》る。灰色の薄闇が広がるばかりだ。

濃霧の向こうで灯火《ともしび》が揺れている。江戸に逃げてきた者たちの仮小屋だろう。木の棒を柱にし、篠竹《しのだけ》を梁《はり》として、その上に莚《むしろ》や稲藁《いなわら》を乗せて屋根にする。

ひとつやふたつではない。大勢がここに隠れ住んでいるものと思われた。

卯之吉はのんびりと感想をもらした。

「こんな所に、よくもまぁお暮らしだねぇ」

卯之吉たちの接近に気づき、男たちが小屋の中から様子を窺《うかが》っている。顔は垢《あか》で真っ黒。痩せこけて目だけをギラギラと光らせていた。

「引き返しましょうよ。人相の悪いお人たちでげす。若旦那は見るからに金を持っていそうでげすから、追剝《おいはぎ》にあっちまうでげすよ」

「お腹を空かせているだけだろう。悪人と決めつけてはいけないよ」

「歓迎されてる気配はないでげす。お暇《いとま》したほうがいいでげす」

「でもねぇ。ここに濱島ってぇ学者がいなさるっていうんだし、会わずに帰るのでは紹介状を書いてくれた雪斎先生のご厚意に背くよ」

「あッ、来た」

粗末な身なりの男たちが五、六人、目を怒《いか》らせて迫ってきて、卯之吉と銀八を取り囲んだ。

髭面の大男が険しい面相で寄ってくる。

「ここいらじゃあ見かけねぇ若旦那さんだ。いってぇなんの御用がおありですかね」

卯之吉は薄笑いなど浮かべている。

「こちらにね、濱島与右衛門ってぇ先生がいらっしゃると伺《うかが》って、来たんですけどね」

男たちの顔つきがちょっと変わった。

「濱島先生のお客人ですかえ？」

卯之吉は銀八に囁く。

「ほら、やっぱりここにいるみたいだよ」

「いてくれないほうがよかったでげす」

髭面の大男は卯之吉を促した。

「ついて来ておくんなせぇ」

卯之吉は「うん」と頷いた。それから別のことを言った。

「あなたねぇ、そのお手々はなんだえ。怪我をしてるみたいだけれど」

髭面の大男は手に晒《さらし》を巻いていた。蘭方医の端くれとして卯之吉は、怪我人や病人を見逃さない。

髭面はちょっと情けなさそうな顔をした。

「一昨日、日傭取《ひようと》りの賃仕事で怪我をしたんでさぁ」

日傭取りとは、一日限りで雇われる日払いの仕事のことだ。

卯之吉は「ムム」と唸りつつ、怪我した手に顔を近づけて観察する。

「この晒は一昨日から巻きっぱなしかね。いけないねぇ。汚い晒はかえって傷によくないよ」

さらにクンクンと鼻を鳴らして臭いを嗅《か》ぐ。

「膿《う》んでいるねぇ。放っておくと傷が腐って毒が湧くよ。傷口が腐りだしたら大変だ。ついには片手を切り落とさなくちゃならないことにもなる」

強面《こわもて》の男が顔色を青くさせる。卯之吉だけがのんびりとした顔つきだ。

「ちょうどよかった。雪斎先生に分けてもらった長崎渡りの薬があるよ。さっそく試してみようじゃないか」

銀八に、背負ってきた風呂敷包みを下ろすように命じた。

＊

地方から流れ込んだ窮民たちが仮小屋暮らしをする湿地帯――その奥に、古民家が一軒、建っていた。

その建物を借り受けて、学者の濱島与右衛門が私塾を開いている。

私塾とは個人が設立した学校のことだ。この当時の学校は、幕府や大名家が経営するものしかなく、大身《たいしん》の武士など、恵まれた家に生まれた者しか入学ができなかった。

それに対して、誰でも学べるように作られたのが私塾だ。元は廃屋の古びた建物だったが、屋内は綺麗に掃除されている。

門人の一人が静々《しずしず》と縁側を渡ってきた。座敷の外で正座して低頭する。

「先生、妙な男が来ております」

先生と呼びかけられた男――濱島与右衛門は書見台《しょけんだい》に向かっていた。背筋のスッと伸びた端整な面差《おもざ》しである。歳は三十前後であろう。

書物に目を向けたまま濱島は問い返した。

「妙な男とは？」

門人は、なんと返答をしたものか、困っている様子だ。よほどに妙な男なのだろう。

「小屋掛けしている者たちを集めて、怪我の手当てをしております」

仮小屋が建ち並んだ中に広場があった。そこに卯之吉がいる。莚を広げた上に座って、仮設の診療所にしている。仮暮らしの者たちが卯之吉を真ん中に輪を作って見守っていた。

卯之吉は、髭面の大男の怪我を診ている。

「消毒しよう。焼酎を持っておいで」

髭面は情けなさそうに答える。

「そんな上等な酒、ここにはないんで……。あるのは安酒のどぶろくばかりだ」

「それなら買ってこさせよう。銀八、お使いを頼むよ」

懐から財布を取り出して、そのまま銀八に渡す。その周辺は原野だ。人家《じんか》も乏しい。酒屋がどこにあるのかわからない。長距離のお使いになりそうだった。

卯之吉は銀八の苦労などどこ吹く風だ。怪我人の治療に夢中である。

「傷に巻く晒は、毎日洗って天日《てんび》に干すんだ。汚れたままの晒には毒が湧くからね」

この当時、まだ黴菌《ばいきん》は発見されていないが、医師たちは経験で病毒の存在を理解している。

髭面は惨めな顔で答える。

「晒は洗っておりやすがね、膿《うみ》が綺麗に落ちないんでございまさぁ」

「そこに貝殻が落ちているだろう？　貝殻を灰になるまで焼いて、その灰を洗濯の水に溶かすんだよ。そうすれば膿や垢はよく落ちる」

「そうなんですかい。やってみましょう。この辺りには貝殻なんていくらでも落ちておりやす」

悪相に見えるが、もともとは地方の百姓である。周囲の男たちは言われるがまに貝殻を拾うと、焚き火の中に投じはじめた。

そこへ、濱島与右衛門が、門人を従えてやってきた。

卯之吉は怪我人や病人の診療を続けている。順番を待つ者たちが列を作っていた。

濱島も門人も（いったい何が始まったのか）と、いぶかしむばかりだ。

「そこもと。そこで何をしておいでか」

濱島が声をかける。卯之吉は顔を上げ、濱島の姿を認めるとニッコリ笑って立ち上がった。

「ああ、これは……。濱島先生ですかね。松永雪斎先生のご紹介で訪ねて参った者ですが。申し遅れました。あたしは三国屋の放蕩息子の卯之吉ってもんです」

南町奉行所同心だという自覚もない。役人の身分なんか捨てて、さっさと放蕩者に戻りたい、などと思っている。

「三国屋……」

濱島のような学者でも、江戸一番の商人の屋号は知っていたようだ。

「ともあれ、こちらへお渡りいただけようか」

露天では話もできない。私塾の建物に誘う。

「怪我人の治療が済みましたら、すぐに伺いますよ」

「あなたは医術の心得がおありなのか」

「まぁ、たいした腕でもないですけれどねぇ」

そういいながら、怪我人の切り傷を針と糸とで器用に縫い合わせていく。目にもとまらぬ早業だ。

「見事なお腕前だ」

濱島は感心した。

＊

残りの治療は濱島の門人に任せて、卯之吉は私塾の建物に移った。

受講所（教室）として使われているらしい板張りの広間で、卯之吉と濱島は向かい合って座った。

濱島は読み終えた紹介状を卯之吉に返した。

「雪斎先生のご門人とあれば否《いな》やはございませぬ。ようこそお越しくだされた」

「あたしも、あなたに会えてとても嬉しいですよ」

「長崎渡りの高価な薬を窮乏した者たちに惜しげもなく使ったようですが、診療代はどうするのです。彼らはほとんど一文なしですよ」

卯之吉は笑顔になって、片手を顔の前で振った。

「医術はあたしの道楽ですよ。お代は頂戴しません。放蕩者の道楽におつきあいくださって、こちらが御礼を差し上げたいぐらいだ」

卯之吉は本気でそう思っているのだが、当然ながら濱島には、卯之吉の真意は理解できない。

なんだかわからぬが、よほどの変人であるらしい、と感じたようだ。

「それがしは、見ての通りの窮乏ぶりです。せっかくお越しくだされても、茶菓《さか》すら出しかねる有り様です」

「茶菓なら三国屋にたくさんあるのでご心配なく」

「江戸一番の豪商と評判の三国屋さんだ。客に出す茶菓も高級なのでしょうね」

「いえいえ。三国屋は接客には銭を使わぬと評判でして。菓子も茶も不味い安物ばかりですよ」

卯之吉はカラカラと笑う。

「そんな物ばかり食わされて育ったせいで、今のあたしは、旨《うま》い菓子には糸目をつけずに散財する男になっちまいましてねぇ。困ったものだ」

生真面目一方の濱島も、卯之吉につり込まれて、いつしか笑みなど浮かべている。

「遊里では、路上に金を撒いているとか」

「そんなことまでよくご承知で」

「この江戸にいて、三国屋の若旦那の金撒きを知らぬ者はおりませぬよ。江戸一番の大馬鹿者だと評判です」

「これは手厳しいですねぇ」

「わけのわからぬお人だ。愚人かと思えば聖人のようでもある。高額な長崎渡りの薬を貧乏人に惜しげもなく使われる」

「あたしにとっちゃあ同じ事です。人様に金を撒くのが生き甲斐でしてね」

「なるほど」

さっきとは別の門人が縁側を渡ってやってきて、座敷の外で正座して低頭した。

「先生。そろそろ受講のお時間です」

門人たちが集まってきたようだ。

卯之吉は首を傾げた。

「あなたも不思議なお人ですよねぇ。こんなに大勢の人を集めて何をなさるおつもりですかえ？　門人だけならともかく、周囲の仮小屋で暮らすお人たちはなんなんですかえ」

「わたしは人を集めてはおりませぬよ。小さな私塾を開いているだけです。それなのに人は、勝手に集まってくるのです」

「ほほう。ご人徳でしょうかね」

「どうなのでしょう。自分ではわかりませんね」

「あたしなんか、人が集まってくるのは、金を撒いている時だけだ」

濱島は微《かす》かに笑った。

大勢の学生たちが外で一礼してから入ってくる。若い者もいれば年嵩の者もいた。受講所が人で埋まり始めた。

いったいどんな講義があるのだろう。卯之吉は向学心だけはある。たちまち興味を持った。

「あたしにも聴講させていただけませんかねぇ」

「かまいませぬよ。わたしは、学問をしたい者なら誰に対しても門戸をひらいております」

濱島は正面の壇上に移動した。講義が始まる。卯之吉も末席に列して聴講した。

五

夕闇が迫るころ、卯之吉は八丁堀の役宅に帰った。すると、台所の板敷きに疲労しきった由利之丞が転がっていた。

「おカネさん、やっと帰ったよ……。美鈴さんとオイラの二人、一日中ガミガミとやり込められてさ、もう辛抱たまらないよ」

美鈴も台所にしゃがみ込み、顔を両手で覆っている。今日一日で女人としての誇りをすべて打ち砕かれた、という風情だ。

銀八が由利之丞に小声で質す。

「どういうわけがあって、おカネさんは美鈴様に厳しく当たりなさるんでげすかねぇ」

由利之丞は答える。

「美鈴様が、いずれ若旦那に嫁入りすると思ってるんじゃないかな。花嫁修業のつもりなんだろうさ」

卯之吉は「はぁ？」と不思議そうな声を漏らした。

銀八と由利之丞は、今の卯之吉の反応を美鈴に見られはしなかったか、と大慌てだ。

＊

陰鬱な夕食が始まる。卯之吉と由利之丞と銀八と美鈴が膳を並べて食事する。

由利之丞は不思議そうに卯之吉を見ている。

「若旦那、今日は遊びに出かけないのかい？」

卯之吉は食事をしながら熱心に蘭書を読んでいる。片手で箸を持ち、片手で本を持った姿だ。

「勉強熱心なのはわかるけれど、行儀が悪いよ」

行儀の悪さについては他人のことをとやかく言えない由利之丞の目でも不作法に映る。

銀八も困り顔だ。

「蘭学者の雪斎先生にお貸しいただいた本でげす。ずーっとあの調子で読み耽《ふけ》っているでげすよ。今夜の夜遊びはナシでげす」

由利之丞は美鈴に笑顔を向けた。

「若旦那は出かけないってさ。よかったねぇ美鈴様」

すると美鈴は箸を膳に置いた。

「わたし、実家に帰らせていただきます」

銀八が驚いて腰を浮かせる。

「急にどうしたんでげすか」

「自信を失くしました。わたしは、何もできない駄目な女です」

由利之丞も大慌てだ。

「そ、そんなことはないよ。このお汁だって美味しいよ。ねぇ、若旦那」

「美味しいですよ。普段の美鈴様とは段違いだ」

「それは、おカネさんが作ったものです！　わたしは女としてなにひとつ、おカネさんにかないません！」

　卯之吉は首を傾げている。

「美鈴様は剣術ができればそれで良いですよ」

　由利之丞はさらに慌てる。

「その言い方、慰めになっていないよ」

　美鈴は手で顔を覆って泣き始める。由利之丞と銀八はひたすら慌て続ける。

「若旦那、どうすればいいんでげすか」

　卯之吉は苦笑している。

「どうすればいいんだろうねぇ」

　その物言いに由利之丞が眉根を寄せた。

「若旦那は吉原で名を知られた大通人《だいつうじん》じゃないか。女心の扱いぐらい心得ているはずだろう？」

「大通人？　それは世間のお人たちが勝手に言ってるだけですからねぇ……」

　その時であった。遠くから半鐘《はんしよう》の連打される音が聞こえてきた。

「おや。火事ですかねぇ」

「あっちでもこっちでも、今夜は大騒動だよ」

由利之丞は首を横に振った。

火事の炎が夜空を焦がしている。半鐘の音があちこちの火の見櫓《やぐら》から聞こえてきた。町人たちは家財道具を担ぎ、子供の手を引いて逃げる。同じ道を火消しの一団が、纏《まとい》を先頭に立てて走ってきた。

＊

翌朝。荒海一家の店では、子分たちがひっきりなしに出入りしている。

親分の三右衛門も表道に立っている。鋭い眼光を四方に投げた。

「ようやく長雨が止んで、湿っていた江戸じゅうが乾いてきたと思ったら、今度は火事かぃ！」

火事は江戸で最大の災厄だ。大火ともなれば何十万人もが焼け出され、何万人もが焼死する。火事の対処においては大名も旗本も町人もヤクザもなかった。皆で一丸となって奔走し、小さな白煙の燻《くすぶ》りまでをも消して回るのだ。

顔を煤《すす》だらけにした子分が駆け戻ってきて報告する。

「浜町から南がほとんど丸焼けでさぁ」

三右衛門は「ううむ」と唸《うな》った。

「浜町の南にゃあ、日々の蓄えもねぇ貧乏人が多く住んでる。食うにも困った奴らが大勢助けを求めてくるに違《ちげ》ぇねぇ」

決断は早い。

「ようし、焚き出しだ。大釜を出しやがれ」

俠客一家は大勢の子分を養っているので、台所には巨大な竈《かまど》と釜があった。一般家庭の釜とは比べ物にならない。一度に大量の米を炊くことができるのだ。

子分たちは勢い良く竈に薪をくべていく。一般家庭では洗濯に使われるような大きな盥《たらい》で米が研がれて、大釜に投じられた。

しかしであった。それから一刻《いっとき》（約二時間）以上が過ぎても、一向に助けを求める人々がやって来ない。

「どうしちまったんだ」

不思議に思った三右衛門は表道まで様子を見に来た。

子分の一人が駆け戻ってきて報告する。

「焼け出された連中は、濱島先生のお救い小屋を頼っていったらしいですぜ！」

「なんだとッ」

三右衛門はカッと激怒した。

「昨日今日、江戸で私塾を開いたような学者野郎に、この三右衛門が後れを取ったっていうのかいッ。世間の連中は三右衛門よりも、学者野郎のほうを頼りにしているっていうのかッ」

額に浮いた血管が破裂して、血を噴き上げそうな怒りっぷりだ。

子分たちはタジタジと後退《あとずさ》る。

「なんだか、すげぇ立腹していなさる」

「こっちは飯炊きに追われずにすんで大助かりだけどなぁ」

「焚き出しの米だって只《ただ》じゃねぇんだから、かえって良かったと思うがねぇ」

などと、親分に聞かれぬように極めて小声で囁きあった。

そこへ南町の同心、尾上伸平がやってきた。

「人を集めてくれ。焼け跡の片づけで大勢の人手がいるんだ。おや、にぎり飯か。美味《うま》そうだな」

焚き出しのためのにぎり飯を遠慮なく摑むと、ムシャムシャと食べ始めた。

＊

昼過ぎ、卯之吉は濱島与右衛門の私塾へ向かった。

建物の周囲はひっそりと静まり返っている。門人の案内で受講所に入った。

濱島はすぐに出てきた。卯之吉は三方《さんぽう》にのせた包み金のひとつを差し出した。

「先日の聴講の御礼を持ってきましたよ」

大金であるが、濱島は卯之吉が〝江戸一番の大金持ちの放蕩息子〟だと知っている。とくに驚く様子はなかった。

「なによりの物です。ありがたく頂戴する」

涼しい顔で受け取って門人に渡した。門人のほうはかなり驚いたようだ。卯之吉に拝礼してから奥に下がった。

卯之吉は濱島に質す。

「昨夜の火事で、こちらには大勢の人が逃げてきたって伺いましたが、存外に人が少ないですねぇ」

仮小屋暮らしの窮民たちの姿がない。

濱島は「そのことなら――」と答えだした。

「火事場の後片付けと、町を立て直すための普請《ふしん》仕事で、たくさんの働き口が生まれたようです。手配師が人を集めに来ましてね。給賃を弾むというので、皆、喜び勇んで働きに出ていきましたよ」

「そういうことでしたか」

「火事で困るのは財産を失う金持ちだけだ。貧しい者たちにとっては、干天《かんてん》の慈《じ》雨《う》と申せましょう」

それは確かに事実であった。〝焼け太り〟という言葉があるぐらいだ。

卯之吉は浮かない顔だ。

「だけどねぇ、火事は怖いですよ。着の身着のままでも逃げられれば良いですけれど、炎に囲まれて焼け死ぬお人も多いでしょう？」

いかにも、と濱島は頷いた。

「左様なればこそ、です。大火の広がりを想定して、あらかじめ、人々の退路を確保すべきなのです。これをご覧なされ」

まるで用意していたかのように、濱島は絵図面を広げた。

「なんですかね」

「わたしの考えた火《ひ》除《よ》け地の構想です。町の真ん中に広場を作り、いざという時の逃げ道とする。同時に延焼《えんしょう》を防ぐのです」

「炎の熱や火の粉《こ》が隣町に届かぬほどの幅が広場にあれば、効き目がありそうですね」

卯之吉が構想を理解したので、濱島は大きく頷いて身を乗り出した。

「わたしは季節ごとの風向きを調べました。火の粉が風に乗って飛び散るであろう方角を見定めたうえで、この火除け地を立案したのだ。卯之吉殿！」

「なんですかね」

「両替商の肝入を務める大店なら、ご老中様とも、直に口が利けましょう」

口が利けるどころか、毎月、賄賂《わいろ》を届けに行っている。

「わたしの構想を、あなたの口からご老中に披露してもらえぬだろうか！」

「はあ。いいですよ」

卯之吉は〝老中と口が利けること〟がそれほどの大事だとも感じていなかったので、簡単に請け合った。

＊

安請け合いとはいえ、卯之吉はある意味でまめな男である。

「火除け地ねぇ……。それは面白そうだねぇ！　江戸の真ん中に広場を造る。どれほどの効き目があるものやら、試してみたいねぇ」

面白そうだと思ったら、居ても立ってもいられない。その足で、月番老中、甘利備前守の屋敷を訪れた。

広間に通された。甘利は、濱島が描いた絵図面を睨んでいる。

「火除け地か」

「いかがでしょう」

「江戸は火事が多い。町ひとつが焼ける大火事は毎年の事。江戸のすべてが焼亡《しょうぼう》する大火も、四十年に一度は起きている。上様も常々悩んでおわすのだ」

甘利は絵図面を細かく調べていく。

「良策だとは思うが……懸念もある。火除け地とすべき場所には、今、町人たちが家を建てて暮らしておるのだぞ。火除け地を造ろうとすれば、町人たちに立ち退《の》きを命じねばならぬわけだが……」

袖の中で腕組みをして思案顔となった。

「十分な手当てを施《ほどこ》さねば、行き場を失う町人たちも出てこよう。ともあれ、この件、上様に披露し、勘定《かんじょう》奉行とも評議をいたす」

「お願いいたしますよ」

「火除け地造りにかかる費用については、三国屋の懐をあてにしてよいのであろうな！」

念を押されても卯之吉は三国屋の経営のことはわからない。薄笑いを浮かべるばかりであった。

＊

「それはたいへんにけっこうな話だね」

おカネが大福帳に目を落とし、片手で算盤《そろばん》を弾きながら言った。卯之吉には目も向けずに熱心に帳合《ちょうあい》（帳簿に数字を書き込むこと）している。

三国屋の奥座敷である。いつもは大旦那の徳右衛門が着座する場所におカネが陣取っている。膨大な帳簿や証文を引き合わせつつ、目にもとまらぬ早業で算盤の珠《たま》を弾いていた。

卯之吉は台帳に目を向けながら感心して言った。

「ご名算ですねぇ」

「あたしゃ大坂の掛屋《かけや》に嫁入りした女だよ。帳合ぐらいできないでどうする」

掛屋とは上方における札差・両替商のことである。大坂での商いの全般を取り仕切る。幕府の公金をも取り扱った。

「それにしても見事な算盤です」

「あんたの暗算もたいしたもんだよ」

卯之吉は算盤を使わずに帳簿に記載された数字が正しいことを確かめた。それを褒めている。

「火除け地の話だけどね」

「はい」

「まったく素晴らしい話じゃないか。江戸の一番の弱みは火事だ。火事があるから諸国の商人は怖がって、江戸に売り物を持ち込んで来たがらない。丸焼けになったら大損だからね」

しゃべりながらも算盤を弾き続けている。

「火除け地で火事が防げるのなら、諸国の商人たちは安心して商品を持ってきて、自分の店に並べるよ。そうなれば売り買いが盛んになり、金の回りが良くなって、両替商はますます儲《もう》かる」

おカネはジロリと目を向けてきた。

「それで。ご公儀は、火除け地造りにいかほどの金子《きんす》が要りようだと言ってるんだい？」

「詳しいことはまだわかりません。普請奉行様や勘定奉行様の御算定《ごさんてい》が済んでからのお話です」

「いくらかかろうとかまわない。三国屋が用立てると老中様に伝えておいで」

「話が早いですね」

「ちょっとでも油断していたら、ご公儀の心は離れてしまうよ。小判で目串をブッスリと刺しておくことさ」

目串とは、活魚を調理する際、魚が動かぬように目玉を貫いて俎《まないた》に刺す釘のことだ。

おカネにとっては老中も〝俎の上の鯉〟の如きものなのだろう。いかようにも料理して旨味を搾り取ってくれよう、などと考えているのに違いなかった。

六

十日ばかりが過ぎた。

火除け地の案は勘定奉行に回されて、本格的な算定（予算案）が組まれることとなった。

勘定奉行は徳川幕府の予算を管理している。役所は勘定所と呼ばれた。ちなみに勘定所の役人は家柄よりも計算能力を重視されたので、低い身分に生まれた者でも数学の秀才であれば容易に大出世ができた。

それは良いことのように思えるが、悪い面もある。出世や私腹を肥やすことを第一とする不道徳者が現れてしまうのだ。


栗津屋八左衛門が江戸城にやってきた。三国屋を追い落とし、江戸一番の豪商になろうと企む悪徳商人である。

八左衛門は勘定所の建物に入った。控えの一室で待たされる。奥から、ひっきりなしに大勢で算盤の弾く音が聞こえてくる。まるで潮騒《しおさい》のようだ。

勘定所の役人たちを束ねる管理職を勘定頭《がしら》という。勘定奉行の次に偉い、助《じょ》役《やく》であった。

勘定頭は裃を着けた姿でやってきた。堂々と座る。栗津屋八左衛門は深々と平伏した。

勘定頭は用件を切り出した。

「上様の御上意《ごじょうい》である。江戸の町に新たな火除け地を造ることとあいなった」

そう言い放つと真新しい図面を広げた。火除け地の候補に赤い色が塗られてあった。

八左衛門は素早く目を走らせる。

「貧乏長屋が建ち並んでいる場所ですな」

「上様は民を慈《いつく》しむ心がお篤《あつ》い。立ち退きには十分な手当てを下賜《かし》するとの御上意じゃ。されど、ただ今の公儀は手許不如意《てもとふにょい》」

連年の凶作で年貢が減っているところへ、先頃の贋小判《にせこばん》騒動が追い打ちをかけた。御金蔵《おかねぐら》を開いて本物の小判を市中に放出することで相場の値崩れを防いだものの、そのせいで小判の備蓄が底を尽き、緊急時の財政出動が難しくなった。

「十分な金策ができぬ。立ち退きの町人たち一人一人に銭を払えば、公儀の財政が逼迫《ひっぱく》する。なんぞ良き手はないものか」

こんな時こそ悪徳商人の出番だ。粟津屋八左衛門はニヤリと不気味な笑みを浮かべた。

「ございますとも。立ち退き話が伝わるより前に、貧乏長屋の沽券《こけん》を安く買い叩けばよろしいのです」

沽券とは土地の売買の証明書で、土地の権利書と同じである。沽券を持っている者がその土地の所有者だ。

沽券には地価も記載されている。その土地で殺人事件などが起こったり、近くにゴミ捨て場ができたりすると地価が下がる。『沽券にかかわる』という慣用句はこうして生まれた。――余談である。

火除け地の造成には、まず沽券を買い取ることから始めなければならない。

「ただ今は空前の不景気。今ならば安値で買い叩くことができましょう。この粟津屋八左衛門にお任せくださいませ」

内部情報を知っている業者が、何も知らない貧乏人から財産を安値で買い取る。悪徳も極まれりだが、

(そうでもしなけりゃ大商いはできないね。三国屋を出し抜く絶好の機会だよ)

八左衛門はひとり、ほくそ笑んだ。

＊

その長屋は軒《のき》も傾き、屋根は傷《いた》み放題、土壁も崩れかけ、障子には穴があいていた。廃屋《はいおく》と見紛《みまが》うばかりだが、そんな貧乏長屋だからこそ、稼ぎの少ない者た

ちが大勢住みついていた。

貧乏長屋の汚い路地に若い男が入ってくる。歳はまだ二十歳そこそこ。上物《じょうもの》の羽織を着ているが、貫禄《かんろく》のない若い顔にはまったく似合っていない。

若者は長屋を仕切る大家であった。路地の真ん中に立つと偉そうに大声を張り上げた。

「やいっ、月末だぞ。家賃を払いなィ」

長屋の家賃は月末に徴収される。

貧乏長屋の傾いた障子戸が開けられた。店子《たなこ》たちが出てくる。皆、継《つ》ぎ当《あ》てだらけの古着の姿だ。髪もボサボサ。結髪に油を使っている者など一人もいない。

店子のひとり、四十代の女が頭を下げた。

「待っておくれな。姪っ子が風邪をひいちまって、薬餌代《やくじだい》がかかったんだよ。来月には纏《まと》めて払うからさ」

若い大家は細い目をさらに細くさせると、目尻を鋭く吊り上げた。

「馬鹿ァ抜かしてんじゃねぇ！　先月分も溜めてやがるじゃねぇか。来月になったら三月《みつき》分をまとめて払えるって言うのかよ、手前《てめ》ぇみてぇな貧乏人がよ！」

女は何度も頭を下げるが、しかし、「来月になったらこういう理由で入金があるから、それまで待ってほしい」というような話は一切《いっさい》出て来なかった。ただひたすらに「堪忍《かんにん》してくれ」の一点張りだ。

若い大家は憤激する。

「家賃が払えねぇってのなら追い立てるぞ！　俺の長屋から出て行きやがれッ」

店子たちは皆、悲痛に顔をしかめさせる。年老いた職人がポツリと漏らす。

「先代の大家さんは、貧乏人に優しいお人だったんだが……」

若い大家は若いだけに耳が良い。しっかり聞き取って憤怒の形相を老人に向けた。

「親父は甘すぎたんだよ！　貧乏人に優しくしたって一文の得にもならねぇ。手前ぇたちがつけあがるだけだッ」

中年の女が訴える。

「大家といったら親も同然。店子と言ったら子も同然じゃないか」

「なにが『子も同然』だよ！　手前ぇは俺の親の歳格好だろ！　いい歳して甘ったれたことを抜かしてるんじゃねぇッ。銭を払えねえなら出ていってもらう！　こっちは本気だぞッ。わかったな！」

若い大家はすがりついてきた店子を蹴り倒して、路地から出て行った。

長屋の外には若い大家が暮らす商家が立っている。通りに面した大きな店だ。これを表店《おもてだな》という。

若い大家は帳場に座って、ブツブツと文句を言っている。

「貧乏長屋の大家なんて、馬鹿馬鹿しくてやってられねぇぜ」

彼の店の売り物は箒や笊《ざる》などの荒物だが、こちらの商売にも身を入れている様子はない。

その店先にひとりの商人が入ってきた。荒物屋《あらものや》の客は女房（主婦）か下女（家政婦）だ。身なりの良い男は珍しかった。

ともあれ接客ぐらいはせねばならない。

「いらっしゃい。なんぞお探しですかい」

客の男――粟津屋八左衛門は、愛想笑いを顔に張りつけながら頷いた。

「はい。二十五両で売っていただきたいので」

「二十五両？」

若い大家は驚くと同時に（コイツ、頭は大丈夫か）という軽侮《けいぶ》の表情を露骨に浮かべた。

「うちの店に、そんな値の張る売り物はねぇんですがね？」

「いいえ、ございますなぁ」

八左衛門は店の奥にまで踏み込んでくる。逆光になって、その顔がどす黒い影に染まっている。

「長屋の沽券を、お譲りいただけませんでしょうか」

「沽券？」

若い大家は「ああ、なるほど」と納得した。同時に笑みを浮かべた。

「二十五両か。ふぅん、悪くないね」

「そうでしょう？　貧乏長屋を買い取りたいなどと言い出す物好きは、手前しかおりませんよ。今を逃《のが》したら、次に売れるのはいつになるかもわかりません」

火除け地の予定地にかかっているとは知らぬ若者は、（まったくそのとおりだぜ）と思った。店子は家賃を払わない。経営すればするほど赤字が溜まる長屋なのだ。売り渋る理由はなかった。

「よぅし、売ったぜ！」

「二十五両、ここに用意してありますよ」

小判を見せる。若い大家は奥の小棚の引き出しから油紙に包まれた沽券を取り出し、バーンと床に広げた。

「これが沽券だ！」

八左衛門は沽券の文面を確かめる。若い大家は二十五両を両手で持って、扇のように指で広げておおはしゃぎだ。

「店子の立ち退《の》きのほうを、よろしくお願いいたします」

「任せとけ」

「手に余るようでしたならば、手前の方から荒くれ者たちを差し向けます」

「そうしてくれるならありがてぇや」

荒くれ者たちが店子に何をするというのか、そんなことはもはや、若い大家の知ったことではなかった。

*

夜、粟津屋に戻った八左衛門は、買い集めた沽券を数えて笑みを浮かべた。

番頭も戻ってきた。八左衛門の座敷に入って正座する。

「手前が買い取って参りました沽券にございます」

携えてきた沽券の束を差し出す。八左衛門は受け取って、満足そうに枚数を数える。

「ご苦労だったね。沽券状がだいぶ集まってきたよ」

「貧乏人から安く買い叩き、上様には高値でお買い上げいただく。濡れ手で粟の大商いでございますな」

「三国屋の徳右衛門が目を光らせていたなら、こんな商いはできなかったろう。ろくでなしの若旦那のお陰で、こっちはやりたい放題さ」

卯之吉が〝切れ者同心の八巻〟であるということは、まったく伝わっていない。卯之吉のことをだらしのない放蕩者だと信じている。

もっとも、切れ者同心の評判のほうも世間の誤解なのだが。

栗津屋八左衛門は地上げの算段に夢中だ。

「だけどね、これからの買い占めは難しいよ」

江戸の地図を広げる。

「こっちの予定地には、そこそこ大きな商家が立ち並んでいるからね。土地を簡単に手放すとは思えない。……さぁて、どうしたものか」

すると番頭は、悪相をさらに妖しく歪めて笑った。

「大事な店や家財があるから、土地を手放したくないのでございますな？」

「それはそうだろう」

「それならば、更地《さらち》にしてしまえばよろしいのです」

「そうは言うけれど、簡単に更地にする方法なんかあるものか」

「良き方法があるのでございます」

番頭は大きく頷いた。

＊

居酒屋の店先に赤提灯《あかちょうちん》が下がっている。店の中では悪人面の男たちが湯呑茶碗を呷《あお》り、安酒を喉に流し込んでいた。

「やれやれ、火事場の後片付けも今日であらかた終わりだ」

「だけど困ったぞ。明日からは出てこなくてもいい、って言われた。毎日さんざんこき使いやがって、仕事が終われば古草履《ふるぞうり》みてぇに捨てやがる」

「晩酌ができるのも今日が最後だべなぁ。明日っからは、また一文なしだべ」

「江戸に出てくれば仕事があるって聞いてたが、とんだ見込み違いだ」

男たちは憂鬱な顔を寄せた。小声で密談を始める。

「明日からどうするよ？」

「酒も飲めねぇ、博打《ばくち》も打てねぇ、女も抱けねぇ」

「こうなりゃあ、悪事しかねぇな」

「おう。やっちまおうぜ。腕が鳴るぜ」

そこへ、縄暖簾《なわのれん》を払って粟津屋の番頭が入ってきた。

「やあ皆さん。お邪魔しますよ」

男たちが眼を向ける。番頭のきっちりとした身なりはこの居酒屋には似合わない。男のひとりが質した。

「なんでぇ、お前さんは。仕事の手配師かよ」

「その通りです。皆さんにお仕事をお願いしたいと思いましてね」

男たちは「おおっ」とどよめいて立ち上がった。

「ありがてぇ。どんな仕事だ」

「今、あなた方が相談していたでしょう？　悪事ですよ」

「なにっ、コイツ、聞いていやがったのか！」

番頭は笑みを絶やさない。

「聞いていたからこそ、仕事を頼もうと思ったのですよ」

男たちは訝《いぶか》しそうに顔を見合わせた。

松明《たいまつ》を手にした男たちが走る。町中の板塀に一升徳利《いっしょうどくり》の油をかけて、松明の火を燃え移らせた。

炎が男たちの悪人面を照らし上げる。男たちは乱杙歯《らんぐいば》を剝《む》き出しにして笑った。

「火事にさえなれば、明日からの仕事にありつけるんだ！」

「手前ぇたちで火をつけて、火事場の始末を請け負うんだ。俺たちもたいした悪党だぜ！」

「もっと燃やせ！」

悪党たちは町々を走り回って、放火し続けた。

火事を報せる半鐘が打ち鳴らされた。町人たちが泣きわめきながら逃げてくる。

火事の喧騒《けんそう》は江戸郊外にある濱島与右衛門の学問所にまで伝わった。

「先生、火事です！」

縁側を走ってきた門人が告げた。

濱島は布団に横たわっていたが、すぐに起き上がり、縁側に出た。

夜の雲が下から炎に照らされている。赤く染まっていた。まるで血の色だ。

「先生、炎が迫っております。いかがいたしましょう。お指図を！」

こちらに燃え広がってくるようならば、大事な書物を運び出さなければならない。

だが濱島の返事はなかった。

不審に思った門人が濱島の顔を覗き込む。

炎を見つめる濱島の顔がこわばっている。身体も小刻みに震えていた。

「先生！　いかがなさいましたか」

門人が問いかけても、濱島からの返事はなかった。

＊

火事の恐怖は、小伝馬町《こでんまちょう》牢屋敷までをも、脅かそうとしている。

牢屋敷には江戸で捕縛された罪人たちが収監されている。牢内で大勢が雑魚寝《ざこね》をしていた。そこへ煙が漂ってきたのだ。窓から吹き込んでくる。眠っていた囚人たちは咳き込みながら目を覚ました。

「みんな起きやがれッ、火事だぜ！」

牢内だ。火事になったら逃げ場はない。囚人たちは恐怖に震えて騒ぎ始めた。

牢屋同心（看守）がやってくる。牢の鍵を開けて回った。

「囚人ども、外に出よ！」

牢を出た囚人たちは、牢屋敷の庭に並んで立った。

牢屋敷の責任者は囚獄《しゅうごく》という。石出家《いしでけ》の当主が世襲する。囚獄が陣笠《じんがさ》と陣羽《じんば》織《おり》姿でやってきて、囚人たちの前に立った。

牢屋同心が大声で叫ぶ。

「囚獄、石出帯刀《たてわき》様のお言葉である。囚人ども、承《うけたまわ》れ！」

石出が皆をじっと見回しながら宣言する。

「火の手が迫っておるゆえ、これより〝切り放ち〟を行う！」

火事が迫ると牢屋敷では囚人たちに避難を命じる。この救命制度を〝切り放ち〟という。囚人の人命を最大限に尊重するという、徳川幕府の方針であった。

「三日以内に両国の回向院《えこういん》に出頭せよ！　神妙に出頭したならば、その罪の一等を減ずる！」

終生遠島《しゅうせいえんとう》の者は期限付きの遠島となる。百叩きの者は五十叩きになる、など、減刑の褒美《ほうび》が与えられるのだ。

「門を開けよ！」

囚獄の命令で開かれた門から、囚人たちが喜び勇んで走り出て行った。

七

明朝、火事場の跡を南町奉行所の同心たちが検分している。

筆頭同心の村田銕三郎《むらたてつさぶろう》が、生まれつき険しい面相をさらに険しくさせていた。

同心の尾上がソロリソロリと足を運びながら従っている。

「酷い火事でしたね。危うく大火となるところでしたよ」

まだ白煙が燻っている。燠火《おきび》など踏んで足裏を火傷したら大変だ。

その近くでは五十過ぎの商人が人目も憚《はばか》らず泣き崩れている。

「身上《しんしょう》が丸つぶれだ！　店はもうお終《しま》いだ！」

大泣きする赤ん坊を抱えてうずくまっている女もいる。夫は焼死してしまったのであろうか。

その横を、火事場の片付けに雇われた男たちが威勢よく駆けていく。

「仕事だ仕事だ！」

「精を出して働くぜ！」

さしもの村田も沈鬱な表情を浮かべた。

「悲喜こもごもだな……」

尾上は別のものを見ている。火事場の焼け跡に、黒巻羽織《くろまきばおり》の同心が屈《かが》み込んでいたのだ。

「おや、あれは北町《きたまち》奉行所の筆頭同心、笹月《ささづき》さんですよ」

尾上は笹月文吾《ぶんご》に駆け寄って挨拶する。

「ご出役《しゅつやく》、ご苦労さまに存じあげます」

笹月は屈んだまま、首だけで肩ごしに振り返った。村田銕三郎とほぼ同年代の年格好であった。村田とは違って柔和な顔をしている。

「おう、南町の同心か。どうにも、この火事場は臭うねェ」

「臭う？　なにがですか」

「見てみなよ」

笹月は焼けた土を指で地面からはぎ取った。

「ただの焼け土なら、こんなには固まらねぇ。こいつぁ油を吸わされたうえで、火をつけられた土だぜ」

「誰かが油を撒いたと？　付け火ですか」

そこへ村田銕三郎が歩み寄ってきた。

「笹月、今月は南町の月番だぜ。横紙破りの詮議は控えてくれねぇか」

「ああ村田か。こいつぁいけねぇ。気になるものを目にするってぇと詮索しなくちゃ気が済まねぇ質《たち》でな。南町の領分に踏み込んじまって悪かったぜ」

笹月は苦笑いをしながら立ち上がった。村田に言う。

「お前ぇのことだ。抜かりはあるめぇが、火事場のお調べ書きを北町にも回しておくんなよ」

ユラリと肩を揺すりながら立ち去った。

尾上が惚れ惚れと見送る。

「さすがは北町の筆頭同心。お見事なご詮議ですねぇ」

「感心してる場合かよ！　さっさと詮議を始めろッ」

どやしつけられて尾上が震え上がったところへ、同心の玉木が血相を変えて走ってきた。

「村田さん！」

村田の耳元で耳打ちする。村田の顔がたちまちにして真っ赤に染まった。

「清少将《せいのしょうしょう》が逃げた、だとッ？」

江戸の府内にも野原はある。干拓と宅地化に失敗した低湿地などだ。丈の高い夏草をかき分けて村田が進んできた。尾上に質《ただ》す。

「そもそもの話、清少将は生きていたのか」

「八巻ですよ。あいつ、何故だか医術の腕がある。八巻の手当てのお陰で少将は一命を取り留めたってわけです」

村田と尾上は草を分けて進んだ。草むらの中に死体が転がっていた。

玉木が状況を説明する。

「昨夜の火事で、牢屋敷の切り放ちがありましてね。もちろん、凶賊の少将には見張りの牢屋役人がつけられました。そうしたらこの有り様ですよ」

「逃がさないための見張りが、たちまち斬り殺されたってわけか」

玉木は首を傾げる。

「少将の奴、回向院に戻ってきますかねぇ」

「そんな殊勝な心掛けがあるなら見張りを斬ったりはしねぇだろう」

「ですよねぇ。火事の片づけだけでも手一杯だってのに、凶賊の追捕《ついぶ》までしなくちゃならないなんてねぇ。ああ面倒だ」

玉木は同心にあるまじき怠け者だ。嫌気の差した顔を隠そうともしなかった。

＊

悪徳商人、粟津屋の奥座敷に番頭が戻ってきた。縁側で正座する。

「火事場の様子を見て参りました」

座敷で帳合をしていた八左衛門が顔を向ける。

「地主の商人たちは、どうだったえ？」

番頭はフッと口許《くちもと》を綻《ほころ》ばせた。

「家も売り物も丸焼けとなり、借財だけが残ったと、泣いている者を多く見かけました」

「それは可哀相にねぇ」

八左衛門は腹の底から面白そうに笑った。

「店を畳む者も多いだろう。親切面《づら》をして沽券を買い取っておいで。どんながめつい商人でも、今なら安く手放すはずさ」

「かしこまりました。底値で買い叩くことができますな」

「あとは、沽券をご公儀に買い上げていただければ……この粟津屋が江戸一番の大店にのし上がる日も近いよ」

八左衛門の形相がますます不気味に笑み崩れていく。

「よくお聞き。勘定頭様から聞いた話では……連日の火事で上様はますますご心痛。火除け地を早く造れと老中様にご催促なさっているらしい。火事で上様を怯《おび》えさせればさせるほど、火除け地造りに多くの御用金が下りる。沽券も高く買い取っていただけるんだ」

都合よく話が回っている。想定していた以上の首尾だ。

番頭は八左衛門に語りかけた。

「お引き合わせしたい男がおります」

廊下に向かって「おいで」と呼びかけた。

濡れ縁を渡って一人の老人がやってきた。八左衛門に向かって正座して、卑屈な愛想笑いを浮かべた。

番頭が説明する。

「この老翁《ろうおう》は、長年にわたって船頭を務めた者でございまして、日和見《ひよりみ》の達人でございます」

日和見とは天気予報のことだ。老人は「へへっ」と笑った。

「風向きや雲の様子を見れば、ピタリと天気がわかっちまうんで。それとこの腰ですな」

八左衛門は首を傾げる。

「腰ってのは、なんだい」

「大風が吹く前には決まって痛みだすんでございますよ。アイタタタ……」

番頭が続ける。

「この者が申すには、今宵、強い北風が吹き荒れる、とのこと」

「ふむ」

八左衛門は地図を広げた。

「火除け地の予定地の北の端に火を放てば、南に向かって火事が燃え広がって、たちまち一面の焼け地になるだろうね」

「悪党どもに付け火を命じまする」

「派手にやっておくれ。火事と喧嘩は江戸の華さ。まったく景気の良い話じゃないか！」

八左衛門と番頭は腹黒い笑い声を一緒にあげた。

＊

卯之吉は三国屋に向かった。奥座敷では後見人のおカネがせっせと帳簿をつけている。卯之吉が入っていくとチラリと目を向けてきた。

「今日は何の用だい」

卯之吉はおカネの正面に座った。

「月番ご老中の甘利様よりお話がございまして、上様が、早く火除け地を造れと矢のご催促。それで三国屋に御用金を用意するようにとのご下命がありました」

「いくら用意しろって言うんだい」

「二万三千両」

おカネはちょっと驚いた顔をした。

「たったのそれだけかい。見積もりが甘いんじゃないのか」

「ご公儀が決めた額ですからねぇ。ご用意できますか」

「できるに決まってるよ。すぐにお届けに上がると伝えといとくれ」

などと言っているところへ手代の喜七がやってきた。

「若旦那様、お客様がお越しにございますが……」

「あたしにかい？」

「濱島与右衛門と名乗っていらっしゃいます」

「ああ、濱島先生かい。お通ししておくれ。それにしても、あたしがここにいて良かったねぇ」

八丁堀の役宅にいたら面倒な話になるところだった。同心の八巻と同一人物であることを伝えることはできない。

喜七は濱島を連れてきた。座敷で卯之吉と対面する。

濱島は帳簿をつけているおカネにチラリと目を向けた。

「こちらでよろしいのか。お邪魔なのでは？」

「大丈夫ですよ。横でお喋《しゃべ》りされたぐらいで算盤を弾き間違えるようなお人じゃないですから」

「しからば御免。ときに卯之吉殿。あなたは昨日の火事をいかにお感じになられたか」

「いかにとは？」

「どうにも怪しい。付け火だったのではないかと、わたしは思っているのです」

「南町奉行所も同じ考えですよ」

「火元は火の気のない廃屋でしてねぇ。火の燃え上がる勢いもありすぎた。油を撒いて火をつけたに違いない、と考えてるんです」

「町奉行所の思案など、どうして知っておられるのだ」

「あっ、ええと、まぁ……ちょっと小耳に挟みまして」

ずいぶんといい加減な誤魔化し方だが、濱島は不審には感じなかったようだ。

自分で作った絵図面を懐から取り出すと、畳の上に広げた。

「ご覧なさい。これはわたしが作った火除け地の地割り図」

もう一枚、別の地図を広げる。

「こちらが、火事で焼かれた場所を記した地図だ」

焼け跡に赤い絵の具が塗られている。

卯之吉は見比べて「ほう」と声を漏らした。

「ぴったりと重なってますね」

「どういうことであろうか」

いつの間にかおカネが横に来て、二枚の地図を見下ろしていた。

「火除け地の図面は、複数枚を描き写して、お上のお歴々に回覧していただいたんだ。どこかの悪党が絵図面を手に入れて、火を放って回っているとしたら、話が繋がるね」

などと、濱島への挨拶は省略して唐突に言った。

卯之吉は首を傾げて叔母に聞き返す。

「なんのためにそんなことを？」

「丸焼けになれば土地の値が下がるだろう？　破産した商人たちは進んで沽券を売り払おうとするはずだ。安い値で沽券を買い集めることができるさ。そうこうしているうちにお上が火除け地造りを発表する。すると沽券の値はぐぅーんと上がる。安く買った沽券が高く売れるんだ。大儲けできるだろうさ」

濱島与右衛門が憤激した。

「もしもそれが本当だとしたら、とんでもない悪巧《わるだく》みだ！　火除け地造りは江戸の暮らしを守るためにわたしが立案したもの！　それを悪用するとは、許せぬ！」

余程に怒っているのであろう。顔の血の気が引いている。総身《そうみ》がブルブルと震えていた。

「卯之吉殿！　町奉行所に手蔓《てづる》があるのならば、この件を伝えていただけぬか」

「いいですよ」

濱島は腕組みをして考え込んでいる。

「次に付け火があるとしたら、この辺りだ」

地図の一点を指差す。

「今は長屋の立ち並ぶ町人地だが、いずれは火除け地とせねばならぬ場所。風上に火を放てば、一挙に更地にすることができようぞ」

さらに考え込んで「ううむ」と唸った。

「しかし、付け火を成功させるためには、おあつらえ向きの風が吹かねばならぬ。風の吹く日時がわかれば、悪党どもを待ち構えることもできる。しかし、いつ、どの風向きで強風が吹くのかを、いかにして知れば良いのか……」

卯之吉は、ポンと手を叩いた。

「それなら、あたしに良い考えがありますよ」

濱島は卯之吉の顔を見た。卯之吉は微笑みを浮かべている。

＊

夕刻になった。卯之吉の役宅に荒海ノ三右衛門がやってきた。

三右衛門は足を止めて茫然《ぼうぜん》と見上げた。卯之吉が屋根に上がっている。

屋根の上には〝見たこともない何か〟が設置されていた。卯之吉は熱心に筆を取り、帳面に何かを書き留めていた。

三右衛門が首を傾げていると銀八が出てきた。三右衛門は質した。

「旦那は、いってぇ何をなすってるんだ」

銀八は心持ち青い顔で答える。

「あれは風向風速計って器械でげすがね、『なにをしているのか』なんて、若旦那には、訊かねぇほうがいいでげす」

「なんでだよ」

「あの器械の仕組みと、天気を予測する算法について、四半刻《しはんとき》（約三十分）は喋り続けるでげす。若旦那は新しい蘭学の知識を仕入れるってぇと、人に話して聞かせたくて、たまらなくなるご性分でげすから」

「チンプンカンプンの話を四半刻も聞かされたんじゃあ、たまらねぇな」

「たまらねぇなんてもんじゃねぇでげすよ。十分にお気をつけなすって」

卯之吉が三右衛門に気づいた。

「やあ親分、来てくれたかい」

「へい。飛脚の文が届きやした。あっしをお呼びでござんすか」

町飛脚に文を託して呼びつけたのだ。

その時であった。強い風が吹いた。風向きを示す風見鶏がグルリと回り、風速計の板が大きく斜めに持ち上がる。卯之吉は風向きと目盛りの数値を書き留めた。

「待っててておくれ。今、降りるよ」

口ではそう言うが、なかなか降りてくる様子もなかった。


ようやく屋根から降りてきた卯之吉と三右衛門は座敷で向かい合った。

卯之吉は濱島とおカネによる推理を語って聞かせた。三右衛門はたちまちにして激怒した。

「火除け地作りは上様のお情け。町人の難儀を見かねてのお計らいだァ！　上様のお情けにつけこんで私利私欲を図るたぁ……おのれ悪党ッ、許せねぇ！」

相変わらずの激情家である。

「うんうん。放ってはおけないよねぇ。付け火を続けられたんじゃあ、江戸の皆さんのご迷惑だ」

「それにしたって、さすがは旦那だァ！　悪党どもの悪巧みなんざ屁でもねぇ。

ぜーんぶお見通しでござんすね！」

「えっ、ええ……」

推理をしたのは卯之吉ではなかったのだが、三右衛門は話を良く聞いていなかったらしい。卯之吉の手柄だと決めつけて感心し、称賛し続けている。

卯之吉も、誤解を解くための努力なんかしない。基本的に怠惰な男だ。

「後は、いつ、強い北風が吹くのかって話になるんだけど」

卯之吉は「おやっ？」と顔つきを変えて、今度は気圧計に目を向けた。

大金をはたいて蘭学者から買い取った器械が座敷に置かれている。水銀の柱が下がっていくではないか。

卯之吉は顔を寄せて目盛りの数値を読み取った。

三右衛門は首を傾げている。

「なんですかぇ、その面妖《めんよう》なモンは」

銀八が慌てて袖を引く。

「だから、訊いちゃいけねぇでげすよ！」

小声で注意した。三右衛門も顔をこわばらせる。

「お？　おう……そうだった」

卯之吉は気圧計に夢中だ。さらには帳面を広げて、先ほど観測していた風向風速計の数値と照らし合わせた。

「いけないねぇ。これから大風が吹き荒れるよ。付け火をするなら、うってつけの日だ。風に乗って炎が大きく燃え広がるだろう」

卯之吉は地図を見る。濱島の計画した火除け地の一点を指差した。

三右衛門は早呑み込みに大きく頷く。

「合点しやした！　子分どもを走らせまさぁ！」

尻端折《しりはしょ》りをして勢い良く走り出て行く。

卯之吉は銀八に言いつける。

「あたしたちも行こう」

「若旦那が捕り物に乗り出すなんて、珍しいでげす」

「そりゃあね、あたしが捕り物の乱闘に関わったたって、お邪魔にしかならないだろうけどね、火事が燃え広がるのを防ぐことはできるだろうさ」

「へい！　それも同心様の大事なお務めでげす！」

ようやく若旦那も同心としての責任感が身についたのか。お付きの者として感慨深い。

ところが卯之吉は期待外れのことを言った。

「この辺りにはねぇ、とっても良いお菓子屋がいくつもあるのさ。燃やされたくないんだよ」

「ああ……そういうお話でげすか」

「さぁ、駕籠《かご》を呼んでおくれ」

町駕籠に乗って駆けつける同心、なんて話は聞いたことがない。しかしである。卯之吉本人が自分の足で走っていくより、駕籠に乗ったほうが早く着くのは事実なのだ。銀八は駕籠屋に走った。

闇の中、黒装束の男たちが集まってきた。一升の徳利には油がたっぷりと入っている。男たちはいくつもの徳利を荷車に積んだ。

粟津屋の番頭がやってきた。夜空を見上げる。強い風が梢《こずえ》を揺らし始めていた。

元船頭の老人が得意気に鼻をヒクつかせている。

「どうです。当たったでしょう」

「おあつらえ向きの風だよ。さぁみんな、今夜も派手に暴れておくれ」

「合点だ。野郎ども、行くぞ！」

頭目の命令一下《いっか》、悪党たちは荷車を押して進み始めた。

番頭はほくそ笑んだ。

「町奉行所の同心たちも夜回りを欠かさぬようだが、この広い江戸だ。どこに火を着けるのか、なんてことが、わかるはずもない。出し抜くのは簡単さ」

老人もせせら笑う。

「あっしと同じ日和見名人がいるってんなら、話は別ですがね。そんな野郎は江戸じゅうを探したって一人もいないですぜ」

「同心たちは今頃、当てずっぽうで見当違いの方向を見回っていることだろう」

＊

寝静まった江戸の町。町人地には必ずといっていいほどに稲荷《いなり》の社があり、その周囲には木が植えられていた。稲荷の祠《ほこら》の陰、暗がりの中に荒海一家の男たちが身をひそめていた。

子分のひとりが夜道を走ってくる。

「親分、怪しい連中がやってきやした！」

三右衛門は大きく頷く。

「八巻の旦那のお見立てどおりだぜ。さすがは旦那だ！」

強風が吹くことを予想して、付け火の場所を的中させた。

寅三が質す。

「どうしやす。ふん捕まえやすか？」

「付け火の現場を押さえないことにゃあ罪にも問えねぇ。まずは悪党どものやることを、黙って見守ろうじゃねぇか」

荒海一家に見張られているとも知らず、粟津屋の番頭と悪人たちは進み続ける。

「よぅし、ここだ」

暗い道の脇に板や柱が横たえられている。これから家でも建てるのだろう。

「油をかけろ」

番頭が言いつけると悪党たちは腕に抱えた徳利を傾けて、板や柱に油をかけた。

悪党の頭目が松明の火を移す。炎が激しく燃え上がった。

闇の中を進んできた悪党たちの瞳孔《どうこう》は開ききっている。眩《まぶ》しさに目が眩《くら》んで、皆、一斉に目を瞬《しばたた》かせた。

その時であった。

「そこまでだァ、悪党ども！」

闇の中で大声がした。番頭と悪党たちは驚いて周囲を見回すが、いっとき眩んだ目ではよく見えない。番頭が叫び返す。

「誰だッ」

返事の代わりに石つぶてが飛んできた。避けそこなった日和見の老人が、頭にくらって昏倒《こんとう》した。

闇の中の声が嘲笑《あざわら》う。

「こっちの姿は見えねぇだろう。だが手前ぇたちの姿は、手前ぇたちがつけた炎の明かりでよぅく見えるぜ。もう逃げも隠れもできねぇぞ。神妙にお縄につきやがれ！」

三右衛門が姿を現す。荒海一家が悪党たちを取り囲んだ。

悪党の一人が叫ぶ。

「誰でぃ手前ぇたちは！」

「悪党どもに名乗る名前なんざ持ち合わせちゃいねぇ！　と、言いてぇところだがせっかくだ。冥土の土産に教えてやらぁ。南町奉行所同心、八巻卯之吉様の一ノ子分、荒海ノ三右衛門と、その一家だ！」

番頭がタジタジと後退する。

「南町奉行所同心、八巻……」

三右衛門は得意満面だ。

「江戸一番の切れ者同心、八巻の旦那の眼力《がんりき》から逃れられると思っていたのか。手前ぇらの悪事なんざ、旦那は先刻《せんこく》お見通しなんだよ！」

「ち、畜生ッ」

悪党の頭目が吠える。匕首《あいくち》を抜いて躍りかかってきた。

「しゃらくせぇ！」

三右衛門も腰の長脇差を抜く。頭目の匕首を打ち払った。

炎を背にして乱闘になる。悪党の匕首と荒海一家の長脇差がギラリ、ギラリと反射した。

寅三が長脇差を振り下ろす。一人の悪党の腕をズカッと斬った。悪党の腕は、匕首を握ったままボトリと地面に落ちる。

「ギャア！」

腕を斬られた悪党はその場に跪《ひざまず》いて悶絶した。

荒海一家が一方的に押しまくっている。荒海一家は江戸でもそれと知られた武闘派一家だ。喧嘩や斬り合いなどお手の物である。付け火の悪党たちはたちまち圧倒されて逃げ回った。

頭目は足を蹴られて転がされ、腕を捻《ね》じられて匕首を奪われる。寅三は縄を掛けて縛りあげた。

次々と悪党たちに縄が掛けられていく。悪党たちは殴られ蹴られ斬りつけられして、闘志を完全に失った。

あらかた捕り物が終わったころに、町駕籠が「エッホ、エッホ」と声をかけながらやってきた。卯之吉がゆったりと降り立つ。

「酒手《さかて》（チップ）だよ。取っておくれな」

小判を出して無造作に渡した。そんな大金をもらってしまった駕籠かきたちが腰を抜かしている。

「あれ。もう捕り物は終わったのかぇ」

縄を掛けられた悪党どもを見回しながら泰然と言い放つ。こんな同心がいて良いのか。銀八は呆れる思いだ。

「今回は気を失う暇もなかったでげすね」

その時、荒海一家の子分の一人が炎を指差して叫んだ。

「旦那！　火を消さねぇと……！」

卯之吉は「そうですねぇ」と答えた。

「油の火は、水をかけるとかえって燃え広がるよ。皆さん、水を吸わせた古布団は用意してきましたよね？」

三右衛門は大きく頷く。

「旦那のお指図どおりにしておりやすぜ。だけど古布団をどうやってお使いになるんで？」

「炎に被せて、上から踏み消すんだ」

「ようし、野郎ども！　旦那のお指図どおりにするんだ！」

三右衛門が命じる。子分たちは稲荷の後ろに用意してあった濡れ布団を引っ張りだしてくると、炎に被せて踏み消し始めた。たちまち炎が消える。白煙の燻《くすぶ》りに変わった。

「さすがは旦那だ！　火消しの心得もありなさるとは！」

三右衛門がいつものように大げさに感心している。

炎が消されて闇が戻った。その闇に乗じて、こっそりとその場から逃げ出した者がいた。粟津屋の番頭である。乱戦の間もずっと物陰に隠れていた。恐怖に身を震わせ、足をもつれさせながら走り続け、汗みどろになって粟津屋にたどり着いた。

戸口を開けて中に入り、奥座敷に向かう。

「だ、旦那様……！」

粟津屋八左衛門はまだ起きていた。番頭の報告を待っていたのだ。

「首尾はどうだった？　火事の半鐘は聞こえてこないが、どうしたんだ」

「し、しくじったのでございます！　南町の八巻に待ち伏せされ……」

「なんだって！」

「八巻は手前どもの悪事をすべてお見通しでございました！　さすがは南北両町奉行所一の切れ者――」

「感心している場合じゃないよ！」

八左衛門は立ち上がった。その足に番頭がすがりついた。

「すぐにもここに、捕り方が押し寄せて参りますッ」

「慌てるんじゃないよ！　お上の要路《ようろ》に賂《まいない》を撒くんだ」

手文庫《てぶんこ》（金庫のこと）の小判をかき集める。

「お上の火除け地造りをお助けしたい一心でやったこと！　きっとご理解くださるはず……ご理解くださる御方がきっといる！　この金を奉って、御重役を味方につけるんだよ！」

「はいっ」

「金蔵の小判を持っておいで！」

その時であった。座敷の障子に炎が映った。ユラユラと不気味に揺らめいている。

番頭の顔が引き攣《つ》った。

「旦那様、この店の中が火事でございます！」

「消し止めなさい！」

番頭は急いで出て行こうとした。だが、廊下に出た直後、「ぎゃっ」と悲鳴を張り上げた。よろめきながら障子を破り倒し、座敷の畳に倒れこんだ。

真っ向から斬りつけられている。斬られた胸から盛大に血が噴き出た。即死だ。八左衛門は仰天した。

縁側に五人の人影が立った。全員が黒い頭巾《ずきん》と覆面で顔を隠している。

八左衛門は激しく震えた。

「な、なんだい、お前たちは！」

真ん中の一人がそれに答えた。覆面越しのくぐもった声音《こわね》だ。

「貴様たちの仕事を手伝ってやろうと思ってな……。この店が更地になれば、良き火除け地となるであろうぞ……」

「な、なんなんだ、いったい！」

「我らは世直し五人衆」

炎が障子や襖に移り、座敷の中にも燃え広がった。机の上に広げてあった沽券に燃え移る。

「沽券状が！　燃えてしまう！」

火を消そうと必死だ。その間にも五人衆たちが座敷の中の金箱《かねばこ》を運び出そうとした。

「この金は、世直しに使わせてもらうぞ」

「わしの金だ！」

八左衛門は金箱を奪い返そうと飛び掛かる。瞬間、五人衆の一人が腰の刀を一《いっ》閃《せん》させた。抜き打ちの居合斬りだ。八左衛門の身体は深々と斬り裂かれた。

「ぎゃあーっ！」

八左衛門が倒れる。五人衆は金箱を担ぐと無言で去った。

家屋全体が激しく燃える。八左衛門の亡骸《なきがら》のうえに焼けた柱が倒れ込んできた。

八

荒海一家が捕縛した罪人たちは牢屋敷で厳しい詮議を受けていた。

縄を掛けられた悪党たちが石畳の上でうなだれている。村田が牢に入っていくと、詮議を担当していた尾上が一礼して迎えた。

「残らず白状させました。粟津屋の番頭に唆《そそのか》されて付け火をして回っていた、とのことです」

悪党たちは調べ書きに爪印《つめいん》を押し、悪事の一切を認めた形になっている。だが村田の表情は晴れない。

「悪事が露顕した粟津屋は、自分の店を焼いたうえで、みずからも焼身自殺した、ということになった」

「それはどなたのご詮議ですか」

「北町の調べだよ。昨日から月が変わった。今月は北の月番だ。北町がそう言ってるのなら口出しはできねぇ」

「これにて一件落着、ってことですか」

村田は不機嫌な顔つきのまま、悪党どもを睨みつけた。

「こいつらにはお奉行が刑を言い渡す。お白州《しらす》の用意をしておけ」

「ハッ」

尾上が低頭する。村田は牢を出て行った。

＊

卯之吉はのんびりと江戸の町中を歩いている。同心として見回りをしているわけではない。なにか面白い物がないか、あるいは新しい甘味処ができていないか、などなど、期待しながら歩いているのだ。

荒海ノ三右衛門が小走りに駆け寄ってきた。こちらは一分の隙もない〝同心の手下《てか》の目明かし〟の物腰だ。

「沽券状を買い集めていた粟津屋八左衛門ですがね、確かに死んだ、と確かめられやしたぜ」

　卯之吉は頷いた。

　しかし、銀八は首を傾げる。

「骸《むくろ》は丸焦げだったんでげしょう？　人相もわからねぇ。どうやって確かめたんでげすか」

「旦那のお知恵よ。八左衛門の野郎め、先年、虫歯を何本か抜いたんだ。その時の歯医者を呼んで、焼け残った顎の骨と歯を確かめさせた。歯医者は、自分が抜いた歯の帳簿と、焼け残った骨とを照らし合わせて、同じだと証言したぜ」

　卯之吉は微笑したまま頷いた。

「歯や顎の骨は頑丈だからね、たいがい焼け残るんだよ」

「これにて悪事は明々白々《めいめいはくはく》。栗津屋は闕所《けっしょ》となりやした」

　闕所とは、家名を断絶したうえで、その家の財産のすべてを没収する刑である。栗津屋八左衛門に子孫や親族がいたとしても、財産を相続することが許されない。

　卯之吉は「ふぅん」と答えた。

「闕所なら、栗津屋さんが買い集めていた土地のすべてが、お上の手に渡ったってことだねぇ」

「結句《けっく》のところ、お上は只で火除け地を手に入れたってぇ寸法ですぜ。火事場の片づけと火除け地の地固めで、大勢の男手には仕事ができやした。誰にとっても良い落着だ。まったく皮肉なもんですぜ」

「ほんとうだねぇ」

卯之吉は空を見上げている。久しぶりに晴れ渡った空だ。江戸のあちこちから、火除け地の地固めに精を出す男たちの働く声が聞こえてくる。

「あっ……」

卯之吉が突然、なにかに気づいたのか声を上げた。

三右衛門は「よし来た」とばかりに腰帯の位置を締め直す。

「旦那の眼が炯々《けいけい》と光っていなさるぜ！　今度はいってぇどんな悪事を見抜いたんですかえ！」

切れ者同心、八巻卯之吉は、小さな悪事の尻尾も見逃さない——ということになっている。

しかし実際の卯之吉は凄腕の強面《こわもて》同心などではない。

「新しい水茶屋ができている。冷やし饅頭《まんじゅう》って幟《のぼり》が立ってるよ。いったいどんなお菓子だろうねぇ。早速入ろうじゃないか」

「ちょっと待っておくんなせぇ。あっしは甘い物が苦手で、一口食っただけでも胸焼けが……」

侠客の親分らしくもない泣き言を漏らす。三右衛門を引っ張って、卯之吉は水茶屋に入っていった。

＊

卯之吉が三右衛門を引きずり込んだ甘味処の、道を一本隔てた向こう側には、尾張徳川家《おわりとくがわけ》六十二万石の江戸屋敷があった。

六十二万石の国持《くにもち》大名の屋敷ともなれば、それ自体がひとつの町である。主君が暮らす御殿の周りに家臣たちの屋敷や長屋が立ち並んでいた。

そのひとつが附家老、坂井主計頭《かずえのかみ》正重の屋敷であった。

いましも一人の武士が、主君の御殿から渡り廊下を通って、坂井の屋敷にやってきた。坂井が政務をする部屋の外で正座して、奥に向かって声をかけた。

「粟津屋八左衛門、確かに死んでおり申した」

坂井は山積みの書類に目を通している。目を書面に落としたまま、配下の武士には顔も向けずに答えた。

「左様か。悪徳商人が滅びしこと、まことにめでたい。大慶至極《たいけいしごく》」

「されど、ご家老。尾張家が粟津屋に貸し付けた金子も無になりましたぞ。我らが貸した金で粟津屋が買い占めた沽券は灰となり申した」

「粟津屋の悪事が露顕しかけたにもかかわらず、尾張家には累《るい》が及ばずにすんだのだ。それを思えばその程度の端金《はしたがね》、痛くも痒《かゆ》くもない」

配下の武士はズイッと膝を進めた。

「ご家老！」

「なんじゃ」

「ご家老は、胡乱《うろん》な者をお側近くに匿《かくま》っておると聞き及びました。よもや、その者を使って、粟津屋八左衛門の口を封じたのではございますまいな」

その時であった。坂井の座る座敷の奥の襖が開かれた。水干直垂《すいかんひたたれ》姿の男がヌウッと出てくる。

「そのほうの申す〝胡乱な者〟とは、麿《まろ》のことでおじゃるか」

白粉《おしろい》を満面に塗った顔。蛇のように冷たい目が殺気を放った。

「無礼な物言いじゃ。そのほうこそ、口を封じてくれようか」

坂井が制する。

「尾張家の屋敷から死人《しびと》が出ては困る。少将よ。わしからも聞こう。粟津屋八左衛門を殺したのは、そこもとか」

「知らぬでおじゃるな」

「まことか」

清少将はフッと不気味に微笑んだ。

「殺したのであれば殺したと答えようぞ。なんの憚りがあろうか。嘘などついて、なんになろう」

この男にとって殺人は、秘匿《ひとく》せねばならぬほどの大事ではないらしい。

「されば、粟津屋を仕留めたのは何者であろうな」

「そんなことは江戸の町奉行所が検《あらた》めればよい話でおじゃろう？」

少将は襖をピシャリと締めて、姿を消した。

「まあ待て」

第二章　消えた帳簿と頼母子講《たのもしこう》

一

　一人の美しい娘が江戸の町中を歩いている。

とはいえ遠目には美女だと判別できなかったかもしれない。男物の羽織袴を着け、腰には大小の刀を差した姿だからだ。

塗笠《ぬりがさ》を目深に被《かぶ》り、大股の行歩《こうほ》で闊歩《かっぽ》している。その足どりには一分の隙もない。長雨によって道はぬかるんでいたが足を取られることもない。

　上半身はほとんど揺れない。腰の位置は上下しない。見る者が見れば武芸の達者《たっしゃ》だと一目でわかる。

女武芸者は颯爽《さっそう》と歩んできたが、ふと、足を止めると悩ましげなため息を漏らした。

彼女が目を向けた先には一件の仕舞屋《しもたや》があった。

仕舞屋とは〝閉店した商店〟という意味だが、江戸では〝町人の住宅〟を意味している。

瀟洒《しょうしゃ》で清潔な佇《たたず》まいだ。まだ建てられて間もないようで、戸口の柱や壁の板も白木《しらき》で綺麗だ。

女武芸者はしばらく迷う様子であったが、意を決して、仕舞屋の引き戸に手を掛けた。

「御免下さい」

奥に向かって声をかけると「あーい」と返事があって、菊野が出てきた。

「おや、美鈴さんじゃないかえ。……おや、どうしたえ？」

笑顔で迎えたが、その表情がにわかに曇る。美鈴の様子があまりに沈んで見えたからだ。

菊野はちょっと首を傾げて美鈴の顔を覗き込んだ。

「どうしたのかねぇ。そんなに思い詰めた顔をして……。まぁ、立ち話でもなんだからね、どうぞお上がりなさいましよ」

美鈴は笠を外して屋内にあがった。菊野の住まいは外観も清潔だったが、屋内も掃除が行き届いていた。一輪挿しには季節の花が活けてあった。

美鈴は唇を噛んだ。掃除をする、という一事が、どれほど細やかな神経を使わねばならないものなのか。近頃理解が進んでいる。

菊野の家の掃除は完璧だった。菊野と自分の能力差をまざまざと見せつけられた思いであった。

「お座りなさいな」

菊野に進められる。向かい合って座った。

「わたしはもう、女として生きていく自信がなくなりました」

ため息とともに告白すると菊野は目を丸くさせた。

「なんだえ。大げさだねぇ」

美鈴はおカネの話をした。菊野にとっては初耳だ。

「ははぁ？　あの卯之さんに、そんな厳しい叔母様がいたのかね」

美鈴は自分が受けている仕打ちを語った。

菊野は困った。話を聞いているだけで胃が痛くなる。美鈴の顔つきを見ればそうとう厳しく家事全般を仕込まれていることがわかった。

美鈴は子供の頃に母親と死別した。その後は男所帯の町道場で育った。おかげで無敵の武芸は身についたものの、女らしいことは何一つとして教えられていない。菊野もそのあたりの事情は察している。

「それで、どうするんだい」

「どうする……とは」

「卯之さんのことは諦めて、実家に帰るのかねぇ」

美鈴は俯いた。それから首を横に振った。

菊野はニンマリと笑って大きく頷いた。

「わかったよ。任せておき。料理や掃除や裁縫なら、あたしがこっそり鍛えてあげようじゃないか」

着物の胸をポンと叩いた。美鈴はますます動揺している。

「菊野さんは、ただでさえお忙しい身なのに、わたしのために、そんなお手間をとらせるわけには、まいりませぬ……」

「遠慮は無用だよ。最初からそのつもりであたしを頼って来たんだろう」

美鈴の本心はすっかりお見通しだ。菊野の仕事は芸者である。人の心が見通せないようでは務まらない。

「あたしも深川では〝姐《ねえ》さん〟と呼ばれる身さ。人様の面倒を見るのは慣れてるよ。さぁ、台所に行こうじゃないか」

気《き》っ風《ぷ》のよい菊野に引っ張られるようにして、美鈴は台所に連れて行かれた。

台所も清潔で、調理道具と調味料がきちんと使いやすいように並べられている。乱雑な美鈴の台所とは大違いだ。

「まずは包丁の使い方だね。見ていてごらん」

大根を手に取ると程よい大きさに輪切りにし、桂剝《かつらむ》きを始めた。

「桂剝きは包丁の扱いを身につけるのにうってつけだからね」

紙のように薄く剝かれた大根が一枚につながって垂れ下がっていく。

「なんという刀さばき……」

美鈴は瞠目《どうもく》してしまう。

「刀じゃないよ。包丁だろ。次はみじん切りさ。いいかい、良く見ておくんだよ」

ダダダダダダタッと凄まじい勢いで包丁が上下する。みるみるうちに青葱《あおねぎ》が短く刻まれていく。

「恐ろしいですね」

「なにが」

「指が切れやしないものかと」

菊野は笑った。

「美鈴さんが腰に差しているお刀のほうが、よっぽどおっかないだろうさ」

つづいて菊野は鍋料理を作り始めた。美鈴も竈についで鍋を見守る。

「一《ひと》煮立ちしたら葱を入れる！　さぁ、やってみて」

さきほど切った葱が薬味となるのだ。美鈴は慌てて反応した。

「あっ、はい……あちちっ」

煮立った湯気に指を突っ込んでたちまち火傷する。この展開は菊野も予想外だ。

「本当に不器用なんだねぇ」

美鈴を一人前の女房に育てるまでには大きな困難が予想された。

すでに夕刻だ。空は暗い。菊野は深川のお座敷に呼ばれて行った。美鈴は八丁堀にある卯之吉の役宅に帰る。

女としての格の違いを見せつけられて、美鈴はますます落ち込んでしまった。

出るのはため息ばかりだ。

江戸の町中《まちなか》を歩いている。暗くなると同時に人の気配が絶えた。景気の良かった頃ならば暗くなっても宵の内にはまだ大勢が働いていた。お使いに出された小僧(丁稚)や下女《げじょ》が行き交っていた。

しかし今の江戸は不景気のどん底だ。夜まで延長される仕事など、いずこの商家も職人たちも抱えていない。

空は厚い雲に覆われている。月もない。常夜灯の光は乏しい。真の闇が広がるばかりだ。

遠くから時《とき》ノ鐘《かね》が聞こえてきた。夜風が吹いて掘割《ほりわり》の水面に小波《さざなみ》が立った。

美鈴は、ふと、足を止めた。闇に目を向ける。今までの疲れ切っていた表情が急に引き締まる。

闇の中に殺気が蟠《わだかま》っている。突如、光る何かが飛んできた。

「手裏剣！」

美鈴は腰の刀を抜く。一つ目の手裏剣を打ち落とし、続いて投げられた手裏剣は身を翻して避けた。

「何者ッ」

闇に向かって叫ぶ。すると闇の中から音もなく一人の影が現れた。

満面に白粉《おしろい》を塗り、置き眉をして、唇に毒々しい朱をさした男。江戸に不似合いな公家の姿だ。

「お前は、清少将！」

少将はニヤリと笑うと太刀を抜いて斬りつけてきた。

「イヨオオオッ！」

謡曲で鼓を打つような声をあげる。雅《みや》びではあるがその一閃は残虐そのもの。無辜《むこ》の民の命を奪ってきた凶剣だ。

美鈴はガッチリと受けた。刃と刃を削りながら圧《お》しあう。鼻息がかかるほどに顔が近い。美鈴がキッと睨みつけると、少将は不気味に微笑した。

二人は同時に背後に跳んで離れる。瞬時に刀を振るったが空振りした。剣の腕はまさに互角。拮抗している。

少将は長袖を翻しながらさらに真後ろに飛ぶ。蛇のような冷たい貌《かお》で笑った。

「八巻に伝えるでおじゃる。麿は必ずやお前を斬り殺しに参る、とな」

「なにッ」

「麿の怪我の手当てをしたのが命取りじゃ。敵に情けをかけられるは屈辱の極み。麿は決して忘れぬぞえ。八巻の命でこの屈辱を払う」

清少将は闇の中に溶けるように消えた。

「待てッ」

美鈴は追ったが、すでにどこにも、少将の姿も、気配もなかった。

「あの男は、幸千代君と卯之吉様の区別がついていないのだ……!」

幸千代に斬られ、卯之吉に怪我の手当てをされた。

二人を同一人物だと誤解している少将にとっては不可解な話だ。麿の命を弄《もてあそ》ばれた、と激怒しても不思議はない。

「卯之吉様が危ない!」

美鈴は大急ぎで八丁堀に走った。八巻家の役宅の前に着く。美鈴はギョッとなった。明かりはついておらず、真っ暗闇で、シンと静まり返っていた。

「まさか!」

役宅に飛び込む。家中を回ったが、幸いなことに卯之吉の死体は転がっていなかった。

美鈴は安堵した。安堵しすぎてその場にへたり込んでしまった。

「今夜も夜遊びですか。わたしの気も知らず……!」

呑気《のんき》を通り越している。あの遊興癖、いったいどうすれば収まるのだろう。おカネのようにチクチク、ガミガミと小言を言えば少しは生活態度を改めてくれるのだろうか。

二

夜は更《ふ》けていく。時ノ鐘が四回鳴らされた。夜四ツ（午後十時ごろ）である。不夜城と謳《うた》われた深川の遊里は、夜中でも明かりを煌々《こうこう》と灯している。夜の雲を照らし上げていたのであるが、さすがに深夜になれば灯も消されていく。夜空は暗さを取り戻す。

深川から、さらに東の一帯には、深川洲崎十万坪と呼ばれる荒野が広がっていた。干潟と葦原《あしはら》の低湿地だ。人が住むには向いていない。

そんな荒野に濱島与右衛門が学問所を構えている。門人を集めて教授しつつ、自らも学問の研鑽《けんさん》に励んでいた。

深夜となっても濱島は一人、講堂の真ん中に机を据えている。周囲の床には何枚もの図面が広げられている。そして今また、新たな図面を引いている最中であった。

「先生……」

講堂の外から声を掛けられた。手燭《てしょく》を掲げた門人が入ってきて正座する。師がいつまでも起きているので、心配になってやってきたのだ。

「左様なまでに根《こん》をつめられてはお身体に障ります。そろそろお休みになられてはいかがですか」

そう言われても濱島は、目を図面に向けたまま、物差しを使い、渡来品のペンで線を引き続けた。

「三年続きの長雨だ。世情はわたしを待ってくれぬ。我が胸中にあるのは天下の窮状を救う一策。成し遂げねば天下の万民を救うことができない。今は我が身を厭《いと》うておる時ではない」

「まことに見事なお志にございます。されど——」

「されど、なんじゃ」

「先生がいかに立派な御高説を披露し、図面を指し示そうとも、耳を貸してくださる御顕職《ごけんしょく》が、はたして今の世におりましょうや」

顕職とは権力者のことである。

「今のこの世は、腐り果てておりまする」

門人は吐き捨てるように言う。

「先生が老中様方のお屋敷に訪いを入れましても、追い返されるばかり……」

面会を謝絶されるのみならず、門番に棒で打たれることもあった。

「豪商たちも、我が身の富貴《ふうき》のみに汲々《きゅうきゅう》とし、天下の救済に手を差し伸べようとはいたしませぬ」

崇高な理念も学識も賽《さい》の河原の石積みと同じ。波打ち際に作った砂の城と同じだ。無益に崩れ行く様を黙って見ているより他にない。

徒労とも思える毎日に門人は疲れてしまったのだろう。しかし濱島だけは衰え知らずの熱意をこめて筆を走らせ続ける。

「いかにも。天下は腐り切っておる。だが、ごく僅《わず》かながら、高い志を持つお方もおわすのだ。今のわたしにとっては一縷《いちる》の望み。わたしは彼《か》のお方にすべてを賭けるつもりでおる」

「彼のお方？」

「わたしの理想を理解してくださるお方に、ついに巡り合えたのだ。そのお方のためにも、わたしはこの図面を急いで仕上げねばならぬ」

数日前のことである。

濱島与右衛門は、尾張徳川家の江戸屋敷に向かった。文箱《ふばこ》に納めた立案書と図面を携《たずさ》えていた。

門前に着く。門構えの威容に圧倒された。さすがは将軍家親藩《しんぱん》の筆頭。将軍に最も近い親戚。石高は六十二万石。貧乏学者には想像もつかぬ大大名だ。

腹を据えて門に向かうと、門番が立ち塞がった。

「その者、待てィ！　当家になんの用だ」

さすがに権高い。乱暴で高圧的な物言いだった。

濱島も学才には自負がある。なんの下級武士風情が、という反骨心がムクムクと湧いてくる。臆せずに、声を大にして答えた。

「拙者は洲崎に寓《ぐう》する学者にて、濱島与右衛門と申す者。政《まつりごと》の献策があって参じた！　お通し願いたい」

「ご重役のどなたかと、面談の約束があるのか」

「ない」

「ならば通せぬ！」

「この立案書だけでもお渡しを願いたい！」

文箱を差し出す。漆の塗りも剝げた粗末な箱だ。貧乏な濱島にはそんな古物しか用意できなかった。門番たちは一笑に付した。

「貧乏学者め、気は確かか。帰れ帰れ！」

白木の棒で叩きのめしそうな勢いで迫ってきた。その時であった。

「門番ども、待てィ」

屋敷の奥から身なりの良い武士が走ってきた。濱島と門番との間に割って入る。濱島をじっと見つめてきた。

「濱島先生でございますな。お噂は聞いております。当家の附家老、坂井主計頭がお話を承る。門番どもの無礼、平にご容赦を願いたい」

なんと頭まで下げたのだ。門番たちは顔色を変えて後退った。

濱島自身、狐に摘《つま》まれたような心地だ。しかし「どうぞこちらへ」と促されたら、否やはない。

（わたしにも運が拓《ひら》ける時が来たのか）

期待しながら案内に従って屋敷に入った。

薄暗い書院で待っていると、若い小姓が廊下をやってきて、正座して告げた。

「尾張家附家老、坂井主計頭が参りまする」

裃を着けた武士が入ってくる。裃は高い身分の人物しか着用を許されない。格好だけで偉いとわかる。濱島は折り目正しく平伏した。

坂井は着座した。濱島が提出した立案書と図面を手にしていた。

「そこもとによる作事《さくじ》（土木工事）の案図、よくできておる。この主計頭、感服した」

「ハッ、ハハッ！」

「ただ今の江戸には、万を越える数の窮民が公儀による救恤《きゅうじゅつ》を求めて押しかけておる」

救恤とは福祉行政のことだ。

「今、窮民たちが必要としておるのは住居と仕事であろうぞ」

濱島は（そのとおりです）との思いを込めて大きく頷く。

坂井は続ける。

「そなたの策は、窮民たちの住まう町を窮民たち自身に作らせて、住居と賃金を与える、というもの。一挙両得。ふたつの難事を一時に解決する名案じゃ。この坂井主計頭、感銘を受けておる。そなたは天下の逸材であろうぞ」

「畏《おそ》れ入ります る」

「だが、懸念もある。そなたの策は、世間の常識を踏み越えておる。御公儀の常識より先に進みすぎておるのだ」

「それが、なにか、よろしくないのでございまするか」

「天下の政を握っておわすのは上様。そしてなにより老中だ。古い常識に囚われた老中たちの頑迷な頭では、そなたの先進的な策は決して理解できまい。そなたの策を一言で申せば『窮民を江戸に迎え入れるべき』ということだが、老中の方策は真っ向から異なる」

「ご老中様は、なんとお考えなのでしょう」

「窮民たちは、早急に生国《しょうごく》に帰すべし、じゃ」

「生国には食べる物がないゆえに、江戸に逃れてきた者たちですぞ。帰れと言うのは死ねと命じるに等しいことかと」

「幕閣たちは怯えておるのじゃ。飢えた者どもを放置いたせば打ち壊し（暴動）を起こすに違いなく、あるいは悪事に手を染める者も出てこよう。黙過《もっか》はできぬ。きつき仕置をいたすべし――」

反論しようとして思わず腰を浮かせる濱島。熱血漢で正義漢である。

坂井は片手で制する。

「そのほうの申したき事は重々わかっておる。窮民は哀れむべき。捕縛するなど以《もっ》ての外《ほか》じゃ。為政者としてあるまじき暴挙。わしもそなたと同感じゃぞ」

濱島の貌《かお》が紅潮していく。ようやく自分を理解してくれる権力者に巡り合えた。その興奮だ。

坂井は沈鬱な表情で続ける。

「じゃが困ったことに老中は頑迷固陋《がんめいころう》。上様に対し奉り、窮民を追い払うべし、と上奏しおる。まったくもって由々《ゆゆ》しき振る舞い。老中は、ただ今の我が国の惨状に、まったく目が行き届いておらぬのだ」

坂井は首を何度も横に振った。

「我が尾張徳川家も憤っておる。藩公を筆頭にして、家中《かちゅう》こぞって、老中の不見識には怒りを隠せぬ」

濱島は頷きながら聞いている。坂井は続ける。

「わしも胸の潰れる思いじゃ。これが尾張領内の話であれば、わしは尾張徳川家の附家老として救恤策に全力を尽くす。窮民たちに救いの手を伸ばすであろう。我らは武士じゃ。我らを頼り、救いを求めてきた者たちを、どうして見殺しにできようか！」

「いかにも！」

坂井はわざとらしくため息をつく。

「だが、ここは江戸じゃ。政を牛耳っておるのは老中。いかんともしがたい」

「尾張公は親藩のご筆頭にございましょう。将軍家から最も近い縁戚であるはず。幕政に関与できぬのでございまするか」

「できぬ」

「なにゆえにございましょう」

「諸大名は政に関与させるべからず。政は、ごく限られた家柄の譜代《ふだい》のみで執り行うべし——と、東照神君家康公《とうしょうしんくんいえやすこう》がお定めになったからだ」

「そのような決め事があったのでは、多くの者たちの声を、取りこぼすことになりましょう」

「いかにも。そなたのように高い見識と志を持った偉才が、草莽《そうもう》に埋もれることになる。現に、そうなっておるのだ」

坂井は濱島が制作した立案書を振りかざした。

「そなたの立案、幕閣の誰も読もうともせず、耳も貸さず、取り上げようともせぬ！　我が国の窮状を救う一挙が葬り去られようとしておるのじゃ。一事が万事、この調子じゃ。尾張徳川家がいかに献策をしても、譜代の老中たちは決して耳を貸そうとせぬ。貧しき者たちは救いの手も差し向けられず、無為に命を落としていく。このわしも、悔し涙を流すばかりなのじゃ！」

「なんとかできませぬのか」

「……できぬこともない」

「なんと」

「我が胸中には、この閉塞しきった世を変える秘策がある」

「どのような」

「聞きたいか」

「無論にございます」

「世直しじゃ。老中が家柄によって選ばれ、政を行う世に変えて、真に才覚のある者が政を行う国に変える。それは、わし一人の力では果たし得ぬ。大勢の力を結集させねばならぬのだ！　濱島与右衛門よ。わしは、そなたのような偉才が現れるのを待っておった。そなたこそ、日本国が待ち望んでいた英傑なのじゃ！」

「坂井様！」

「わしに力を貸してくれようか、日本国のために！」

互いの腕を握りあって見つめ合う二人。濱島は大きく頷きかえした。

濱島は御殿を出た。大きく息を吸って胸を膨らませる。

「いよいよ、わたしが世に出る時が来た！」

空は相変わらずの雨雲だが、濱島の心は晴れ渡っている。門に向かって歩いていくと先程の門番たちが態度を一変させて、恭《うやうや》しげに低頭するのも心地よかった。

これが数日前のできごとである。

三

雨が降っている。尾張家江戸屋敷の書院に清少将がやってきた。断りもなく大《お》胡座《あぐら》をかくと、部屋にいた坂井主計頭に向かって皮肉な笑みを向けた。

「何を読んでいるのでおじゃるか」

坂井は書見台に向かっている。書物に目を向けたまま答えた。

「濱島が持ってきた世直しの立案書だ」

「世直しじゃと？　笑止におじゃるな。あのような世間知らずの青二才に、なにができようものか」

「世を引っかき回すことはできようぞ。世間知らずの青二才ならばこそ、より良い働きをしてくれよう。一本気な若造だからこそ、たやすく操ることができる」

「ふん」

「あの者、ああ見えて窮民たちの人望を集めておる。それらの者どもをけしかける。天下を覆すための大一揆《おおいっき》だ。いかに徳川将軍家とて只では済むまい。一揆の者どもは、元はといえば徳川公領の民。将軍と老中は、おのれの領民に突き上げを食らう。こんな不面目《ふめんぼく》が他にあろうか」

「京におわす帝《みかど》も、たいそう呆れることでおじゃろう」

「老中甘利の面目は丸つぶれ。面白いことになるぞ。笑いが止まらぬ」

　坂井は少将に目を向ける。

「甘利と三国屋を弱らせる。これが大事だ。彼奴《きやつ》めらへ執拗《しつよう》に嫌がらせを続けるのだ」

　少将は疑わしい顔で坂井を見ている。

「相手は天下の老中と江戸一番の豪商。権力と金の力が結びついてのやりたい放題でおじゃるぞ。いかにして弱らせるのでおじゃるか」

「たとえ老中でも、頭の上がらぬ相手はおる」

「誰じゃ」

「大奥よ。大奥年寄《としより》の格式は老中と同格」

俗に〝お局様《つぼねさま》〟と呼ばれているのが大奥年寄だが、それほどまでに偉い。

「ただ今の大奥でもっとも権勢を誇っておるのは秋月《あきづき》ノ局《つぼね》……」

少将は頷いた。

「将軍家御台所《みだいどころ》の降嫁《こうか》にお供をしてきた公家の女《むすめ》。久世橋大納言《くぜばしだいなごん》の女でおじゃったな」

将軍の御台所（正室）は、皇室、あるいは公家の五摂家《ごせつけ》より迎える。政略結婚だ。京の姫君が江戸にやってきて江戸城大奥に入るのだが、その際にお世話係として公家の女がお供でついてくる。かくして〝将軍家正室の側近〟として権勢を振るうのだ。

「なるほど。秋月ノ局を味方につけ、甘利にぶつけて困らせてやろうという魂胆でおじゃるか」

「いかにも左様じゃ。早速じゃが、やってもらいたいことがある」

坂井は少将に小声で秘策を告げた。少将は頷いた。

「面白い。麿は京に帰るつもりであったが、左様ならばもうしばらく、この草深き江戸に留まるといたすか。八巻との決着もつけねばならぬのでな」

＊

甘利備前守の老中屋敷は江戸城の中にある。町人から見れば水堀と高い石垣、白漆喰《しろしっくい》がそびえ立つ城壁の向こう側だ。

巨大な城門が人の出入りを見張っている。そんな厳めしい城内に、江戸の町人たちはヒョイヒョイと踏み込んでいく。

武士の生活を支えているのは商人や職人の働きだ。町人の支えがなければ徳川幕府は一日たりとも保《も》ちはしない。

甘利の屋敷の門前に若旦那姿の卯之吉がやってきた。お供の銀八を引き連れている。さらに今日は荷車を引く喜七を従えていた。荷車の荷は千両箱であった。

門番が待ち構えている。卯之吉たちの前に立ちはだかった。

「止まれ！　何者であるか」

居丈高《いたけだか》に質してくる。怒っているように聞こえるが、これが彼らの役儀である。卯之吉も心得ている。

「門番のお役目、ご苦労さまにございます。あたしは南町の……じゃなかった、本日は三国屋の跡取りとしてお呼ばれしたんでしたっけねぇ」

自己紹介をしようとして、歯切れの悪い物言いになる。自分が何者なのかを言い間違えるなんて、こんな自己紹介はあり得ない。当然に門番は不審に感じた。身分を偽っているとしか思えない。

「胡乱《うろん》な奴めッ」

六尺棒を突きつけようとして、門番はハッと気づいた。

「ゆ、幸千代君ッ！　な、なにゆえ、そのようなお姿で──」

門番は激しく動揺した。

銀八は卯之吉の陰からヒョイと首を出した。

「やっぱり間違えられたでげすよ。老中様のお屋敷なんかに真っ向から乗り込んでいくからでげすよ」

騒ぎを聞きつけて門内から大勢の武士が集まってくる。全員が卯之吉の顔を見て仰天した。

「若君ッ、いつの間に城外へ！」

「放埒《ほうらつ》な市中巡回はお慎み下さいまするよう、上様からも厳しく諭されておりますのに！」

　卯之吉を取り囲んで、やいのやいのと言い始める。

「なんだかあたしが叱られているよ」

「若君様は、相も変わらず好き放題にやってるみたいでげすなぁ」

と、その時であった。門内から大喝《だいかつ》が飛んできた。

「何事かッ、騒々しい！」

　幸千代が颯爽《さっそう》と現れる。門番たちはその姿を見てさらに仰天した。幸千代と卯之吉の顔を交互に見る。

「幸千代君が、お、お二人ッ？」

　卯之吉はほんのりと微笑して答える。

「ですからね、あたしは三国屋の卯之吉ってもんなんですよ。幸千代君ではございません」

　続けて幸千代が門番たちに向かって怒鳴りつけた。

「わしが本物の幸千代であるッ。人別《にんべつ》ぐらいしっかり見極めよッ。痴《し》れ者《もの》どもめがッ」

殿中ならばここで一斉に平伏するところであるが、門番たちは勤務中だ。戦場の兵と同じであるから平伏はしない。平伏などしていたら敵に襲われた時に戦えない。よって殿中での礼と戦場での礼は異なる。

門番は泡を食って言い訳する。

「あまりにも、よく似ていたもので……」

幸千代の満面に血が上った。こめかみに血管が浮き上がる。

「このわしが、その痴れ者に似ておるだとッ。わしは、かように腑抜けた薄笑いなど浮かべぬぞッ」

卯之吉はヘラヘラと笑っている。門番たちは哀れなぐらいに畏れ入っている。

「お、仰せの通り、よくよく見ればまったくの別人にございます。……平に、平にご容赦を……！」

幸千代は「フンッ」と鼻息を吹いた。卯之吉に向かって、

「さっさと入れ！」

と怒鳴った。

卯之吉は苦笑する。

「相変わらずお気が短いですねぇ」

「なにか申したかッ」

「いいえ、なにも」

卯之吉は幸千代の後ろに従って甘利の屋敷に入った。なにやら幸千代に案内をさせているように見えなくもない。銀八は、

（本当にこれでいいんでげすか？）

と首を傾げてしまった。


老中は客との面談に書院を使う。大きな床ノ間のある部屋だ。

「ほうほう。これはご立派な絵ですねぇ。琳派《りんぱ》の絵だ」

卯之吉は壁に描かれた絵に心を惹かれている。フラフラと床ノ間に近づいていこうとしているので銀八はしがみついて止めた。

「そこは、ご老中様がお座りになる場所でげす！　お手討ちにされてしまうでげすよ！」

甘利が咳払いしながら入ってきた。のみならず幸千代まで入室してくる。幸千代が正面の壇上にドッカリと座った。甘利は斜め前に座る。

卯之吉は破天荒だが、行儀は良い。美しい所作で平伏する。甘利は「うむ」と

頷いた。

「長雨が続くのう。先日は利根川の堤が決壊し、公領の田畑が水に浸かった。江戸の火除け地作りに続けての物入りとなろう」

まずは時候の挨拶なのだが、天候が荒れ狂っての災害続きなので時候の挨拶も必然的に禍々《まがまが》しいものになってしまう。甘利は続ける。

「さて三国屋。御用金は持参いたしたか」

「はい。これにご用意してございますよ」

畳の上に毛氈《もうせん》が広げられ、その上に千両箱がふたつ置かれている。喜七が運んできたものだ。

甘利は大きく頷いた。それから証文を差し出す。甘利家の家臣が恭しげに受け取って、卯之吉の前まで運んだ。

「年の利息は三分じゃ。長雨がいつまでも続くわけがない。豊作の年には年貢がよけいに入ってくるであろう。その時に返す」

卯之吉は受け取った借金証文を確かめてから答えた。

「あいあい。利息だけは毎年お納めくださいましよ。利息に利息がつくと大変なことになりますからね」

壇上で話を聞いていた幸千代が激怒し始めた。

「利息を取ると申すかッ」

卯之吉は、それが当たり前でしょうに、という顔だ。

「手前どもは金貸しですから」

幸千代は憤激し続ける。

「お前たち商人は、上様のご威光のお陰をもって江戸での商売ができておるのではないかッ。公儀には恩があるはず！　金を献上する気はないのかッ」

「ただでお金を差し出したら、手前どもは破産してしまいますよ」

甘利が言上《ごんじょう》する。

「幸千代君。商人には商人の道理がございます。商業は商人の道理によって支えられております。武士の道理を押しつけてはなりませぬ。天下の商いを損なうことになりましょう」

幸千代は憤懣《ふんまん》を隠しもしないで黙り込んだ。不機嫌にそっぽを向いている。

そんな姿を甘利は、優しい笑みを浮かべて見上げている。

かつての幸千代であったなら、我意《がい》を曲げずに押し通そうとしただろう。今の幸千代は甘利や卯之吉の忠言を聞き入れるだけの度量は身についたようだ。

甘利は卯之吉に顔を向けた。

「幕府の財源は申すまでもなく年貢じゃが、凶作の年に年貢は期待できぬ。期待できるのは商人たちからの運上金と冥加金《みようがきん》だ」

運上金は法人所得税、冥加金は商業許認可の礼金だ。どちらも幕府に納入される。

「じゃが、納められる運上金があまりに少ない。冥加金も減っておる」

卯之吉もさすがに浮かない顔つきだ。

「手前ども両替商も困っていますよ」

お前は商人ではなくて同心であろうが、と、甘利も幸千代もツッコミを入れたかったであろうが、ここは黙って話を進めさせる。卯之吉は続ける。

「物の売り買いが減ればお金は動きません。お金が動かなければ両替商も用なしです。決済手形の換金のご用命がない。手間賃が頂戴できない。そればかりか、どなたもお金を借りに来ない。新規の商いに打って出る商人がいないからです。お金を貸さなければ利息も頂戴できません」

甘利は渋い表情で聞いている。

「我らは小判の流れを常に注視しておる。小判は市中に潤沢《じゆんたく》にあるはずだ。銀や銅銭が不足しているという話も聞かぬ。金銭があるにもかかわらず、なにゆえこうまで商人たちは商売をしようとせぬのか。不景気の原因は、なんなのだ」

「それは〝気の持ちよう〟でしょうねぇ」

「気の持ちよう？」

「景気ってのはそういうものですよ。雨が降り続けば買い物に出掛けようって気も萎《な》えてしまいます。ドンヨリと雨雲が広がっていて、ただでさえ気が塞いでいるってのに、お百姓さまがたが食い詰めて江戸に流れ込んで来るでしょう？　農村の暮らしが破綻《はたん》していることが誰の目にも明らかです。世の中はこのまま潰れてしまうのではないか。そんな不安に苛《さいな》まれます。これでは、お金を使おうって気持ちにはなりません」

「如何《いか》にすれば良い」

「さぁて、どうしたものでしょうねぇ」

「運上金と冥加金が届けられぬのでは困る。我らとて農村の窮状は理解しておる。じゃが、民を救いたいと思っても、金がなければ何もできぬのだ」

「お金なら、あるんですけどねぇ。金持ちの皆様がギッチリと貯め込んでいるんです。先行きが不安な世の中ですから、金持ちというものは、金を無駄に貯め込んで、使わなくなります」

「どうにかして金を吐き出させねばならぬ。八巻よ、どうにかならぬか」

「あたしなら、パーッと撒いちゃいますけどねぇ」

「いや、そういう話ではない。小心な小金持ちに金を吐き出させる策じゃ」

「あたしに相談されましてもねぇ……」

「わしの見るところ、そなたは奇才の持ち主。常人には思いもつかぬことを、次々と思いつく」

控えて聞いている銀八は首を傾げた。

（〝思いもつかぬことを思いつく〟んじゃなくて〝思いついちゃいけねぇ、余計なことを思いつく〟んでげす）

しかし老中に向かって訂正を要求することなどできるはずもない。

甘利は促す。

「なんぞ良策があるはずじゃ」

「そうは言われましてもねぇ……」

やりとりを聞いている幸千代の顔つきは苦々しげだ。

「甘利よ、卯之吉にばかり策を求めておるが、そのほう自身に策はないのか」

甘利は目に見えて慌てている。

見るところ、策はひとつもなさそうだ。老中の甘利は町人たちの間でさえ、昼《ひる》行灯《あんどん》だの、なにゆえ上様が重用《ちょうよう》しているのかわからない、などと評されている。

しかし幸千代の前で「策など、ない」とは答えられない。どう見ても口から出任せ、みたいなことを言い出した。

「三国屋よ。わしに一策がある。その方、三国屋に戻れ。三国屋の跡取りとして江戸の金融を動かすのじゃ」

卯之吉は目を丸くさせた。

「あたしが？」

「わしが公儀の方針を伝える。そのほうはわしの政を心得たうえで、我が耳目《じもく》となり、手足となって、働くのじゃ」

「あたしがですかえ？」

卯之吉は二度、同じことを言った。同意しかねているからだろう。

卯之吉は自分の意思というものが乏しく、人から言われたことを「はいはい」と聞き入れる（だけど無気力）男なのだが、さすがにこの件だけは、同意しかねている。

銀八も心の中で（それは、まずいんじゃねぇのかと思うでげす）と思った。

「あたしが三国屋に戻っている間、同心のお務めは、どうするんですかね」

卯之吉がそう訊ねると、突然に壇上で幸千代がカッと両眼を見開いた。

「あいわかった！　同心の務めは、わしに任せよ！」

即座にその場の三人、甘利、卯之吉、銀八が、

「それはいけません」

と止めた。

＊

夕刻、今日も菊野は深川の遊里に出勤した。相変わらず雨は降ったり止んだりを繰り返している。日の入りまでまだ時間があるはずだが、雲が厚いせいで辺りはすでに真っ暗だった。

知り合いの芸者が通りかかって挨拶を寄越す。

「ああ姐さん。今日もすっかり時化《しけ》てるねぇ……嫌になっちまうよ」

通りを歩く客の姿も疎《まば》らだ。つい、ため息が漏れてしまう。愚痴も口をついて出た。

芸者が陰気な顔をしていたら、ますます客足が遠のいてしまうだろう。菊野は無理に明るい笑顔を作って励ました。

「いつまでも降り続く雨なんてないよ。いつかは天気も良くなるだろうさ」

豊作になれば誰もが元気を取り戻す。景気が良くなり、財布の紐も緩くなる。商談や接待の客も座敷を利用するはずだ。

「今は辛抱。耐え抜かなくちゃいけない時さ」

自分自身を鼓舞するように言う。それでも芸者は冴えない顔だ。

「深川芸者は江戸の華、なんて持ち上げられちゃいるけれど、あたしらは日銭で生きている身。三日もお座敷がかからなければ干上がっちまう。頼母子講《たのもしこう》を頼らなくっちゃいけなくなるよ」

などと言いながら深川の奥へと消えて行った。

芸者と別れた菊野は馴染みの料理茶屋の暖簾をくぐった。『花筏《はないかだ》』という凝った屋号の名店だ。

「御免なさいよ」

店の主人の万吉郎《まんきちろう》は、入り口から見て右手の部屋の奥に陣取っていた。店に出入りする者を見張っているのだ。菊野を見ると、

「まだお客は着いていないんだよ」

と言った。

菊野は主人の部屋に入る。長火鉢の横に座った。

「なんだか薄ら寒いねぇ」

「まったくだぜ。夏だってのになァ」

万吉郎は六十ぐらいの年格好で、すっかり白髪頭だが、若い頃は粋で鳴らした色男で、伝法《でんぼう》な口調も板についている。

火鉢にかかった鉄瓶で茶を淹《い》れる。

「売れっ子の菊野姐さんと一緒に茶を挽《ひ》くなんてなァ、嫌になっちまうぜ」

茶を挽くとは、暇を持て余していることの慣用句だ。

「聞いたかい。『杵屋《きねや》』と『福《ふく》よし』が、しばらく店を休むってさ」

「どっちもそこそこ名の知られた料理茶屋じゃないのさ」

「店を畳むわけでもなさそうだが……。こうも客の入りが悪いんじゃあ、店を開けていても足が出る（赤字になる）よ。客はなくとも料理人や仲居に給金を払わなくちゃいけないからねぇ」

一時的に店を閉めて使用人を解雇することで破産だけは回避したい、という話のようだ。

菊野は声をひそめて質した。

「頼母子講は、どうなのさ」

頼母子講は、様々な目的で作られる（立講という）が、この場合では〝保険〟としての役割を期待されている。

講に加入した者たちが毎月の金を積み立てておいて、商売で損を出した時に纏《まと》まった金を引き出すのだ。

菊野が声をひそめたのは、頼母子講が違法であったからだ。

射幸心《しゃこうしん》が目的の私営の富籤《とみくじ》（宝くじ）を「頼母子講だ」と言い張って立講する者が後を絶たない。

富籤は特別に許可された寺社によってのみ運営されている。町人が同じことをすれば重罪だ。

しかしそれでも失業保険は必要であって、公儀の目を盗んで運営されていたのである。

「杵屋さんと福よしさんだけど、頼母子講には入っていなかったのかい。困った時のための頼母子講だろう」

「もちろん入っていたさ。だけどねぇ、こうまで不景気が続くと、積み立てよりも引き出される金のほうが多い。元金まで取り崩す羽目になってる」

「あらまぁ」

「あたしがねぇ、頼母子講の講元《こうもと》だったんだよ。大きな声じゃ言えないけどね」

講元とは、積立金を預り、運用し、失業時には保険金（合力金《ごうりききん》という）を出す役目の者をいう。

景気が良くて、集めた金を両替商などに貸しつけて利息を得ることができれば、たいそう儲かる役である。しかし不景気になれば損ばかりが増えていく。

万吉郎は顔をグイッと近づけてきた。

「姐さんは、三国屋の若旦那に贔屓《ひいき》にされていただろう」

「だったら、なんだってのさ」

「三国屋さんに頼んで、ウチの講の金主《きんしゅ》になってもらえないかね」

講の元本となる大資本の出資者を金主という。

菊野は眉根を寄せて渋い顔をした。

「三国屋さんはやめといたほうがいいよ。あそこは、貸した金の取り立てが、江戸一番にきびしい店だからねぇ」

「それじゃあ南町の八巻様はどうだい。姐さんは八巻様ともずいぶんな昵懇《じっこん》と聞いたよ」

（そりゃあ……同一人物だからねぇ）

と、心の中で思ったけれども、教えることはできない。

「なんだって町奉行所の同心様に相談するのさ。同心様に知られたら、取り締まりを受けることになっちまうだろう」

すると万吉郎は、顔色をずいぶん悪くさせてため息をもらした。

「いっそのことお役人様に知られちまったほうがいいかもしれない……とね、そこまで困った話になってるのさ」

万吉郎は菊野の目をじっと見つめた。

「頼むよ、姐さん。八巻様に口を利いてもらえまいか」

「困ったねえ」

口利きそのものは、なんということもないが、遊里で顔の知られた卯之吉を紹介することはできない。本当に困った。

返事をしあぐねていると、客の旦那衆が店に入ってきた。途端に菊野は接客向けの笑顔になる。

「あら、博多屋《はかたや》の旦那！　泉州屋《せんしゆうや》の旦那も。ようこそお渡りくださいましたね」

「よう菊野姐さん。ここに来るまで難儀したよ。新調した雪駄《せった》が泥だらけだ。ここうまでして通うんだからね。愛想良くしておくれよ」

客のお座敷が始まったので万吉郎との話はそこまでだ。有り難い、渡りに舟さ、などと菊野は思った。

のちに菊野は、この時もっと深く話を聞いて、頼母子講の事情を確かめておくべきだった、と後悔することになる。

＊

翌日の朝——といっても、朝だと感じているのは朝寝坊の卯之吉だけで、世間の人々にとってはすっかり昼だが——卯之吉は三国屋に赴いた。商家の若旦那の格好である。お供の銀八も連れていた。

店の奥座敷には後見人のおカネと手代の喜七が待っていた。卯之吉が座るとおカネがジロリと目を向けてきた。

「話は甘利様からの書状で知った。お前は店に戻るんだね？」

「はぁ？　まぁ、そうなんですかねぇ？」

まったく気合の抜けきった返事だ。

「自分の人生だろう？　もっとシャキッとできないのかい」

もっともなお小言が飛ぶ。喜七も銀八も同じ思いだ。「ウンウン」と頷く。

「あたしもいつかはお前を呼び戻さなくちゃいけないと思っていたところさ。商人の子が同心になるだなんて、まったくどうかしている」

喜七と銀八がまたもや「ウンウン」と頷く。おカネは卯之吉を凝視している。

「お前は、そう思わないのかい」

「えっ、まあ、あたしにとっては放蕩息子も同心も、どっちもただの暇つぶしですからねぇ」

「なんだって？」

「いいえ、なんでもないですよ」

喜七と銀八は（おカネ様の耳に届かなくて助かった！）という顔つきだ。

「それじゃあ、次は嫁取りだね」

「えっ」

「商家の跡取りなら、嫁がいなくちゃ困るだろう」

おカネはジーッと卯之吉の目を覗き込んでくる。

「あの美鈴という娘、算盤はできるのかい」

「算盤ですか？」

卯之吉は銀八と目を合わせた。銀八も首を傾げている。銀八の反応を確かめてから卯之吉は答えた。

「算盤なんか弾いているところは、見たこともないですねぇ。なんだってそんなことをお訊ねですかね？」

卯之吉の反応の鈍さには、おカネも驚いた様子だ。

「あの娘が三国屋の嫁に相応《ふさわ》しいかどうか、って話をしてるんだろうに」

「ええっ」

卯之吉は仰天している。まったく思いも寄らぬ話だったようだ。ここまで話をしているのに話の流れが飲みこめていないとはどういうことか。廊下で見ている銀八は頭が痛くなってくる。

おカネは露骨にため息をついている。

「まったく困った娘だよ。料理もだめ、掃除もだめ、算盤もだめ、いったい何ができるんだい！」

剣を取らせたら日本一だが、そんなことを説明しても喜んでもらえる雰囲気ではない。武芸者が欲しけりゃ用心棒を雇えば済むことだ、と言われるに決まっていた。

＊

深川の料理茶屋『花筏』の主人、万吉郎が、青い顔をして江戸城の門をくぐった。

江戸城本丸は、徳川家の番衆《ばんしゅう》によって厳重に警固され、人の出入りも制限されているのだが、大奥で御用達《ごようたし》の商人や職人たちは別儀《べつぎ》である。大勢の商人と職人が出入りしていた。医者や按摩《あんま》の姿もあった。

大奥には御台所《みだいどころ》を筆頭にして、お末《すえ》（下女）に到るまで六百人以上が暮らしている。彼女たちの衣食住をまかなうために年間二十万両（約二百億円に相当）もの金が商人と職人たちに支払われていた。男子禁制と言われているけれども、それは武士階層の男子に限っての話なのだ。

とはいえ、商人の商談は台所口で行われる。運ばれてきた商品も、そこからは大奥女中の手で運ばれた。

いましも一人の女中が米俵を担いで運んでいった。大奥女中だからといって、たおやかな美女ばかりではない。力自慢の大女などは大歓迎で、大奥勤めに勧誘の声がかかるのだ。

台所の脇に座敷がある。出入りの商人はそこで大奥の権力者たちと面談する。

秋月ノ局が着物の長い裾を引きずりながら入ってきた。花筏の万吉郎は慌てて平伏した。

秋月は悠然と座る。

「面《おもて》を上げりゃ」

権高な声音《こわね》である。局の生家は大納言家。生まれついての貴族だ。

「万吉郎よ。そのほうを呼びつけたのは他でもない。頼母子講の徳益《とくやく》が減っておる。割り戻し金をいつまで経っても持って来ぬが、いかがなっておるのか」

徳益とは資本金が運用によって増えること。割り戻し金は配当金のことだ。

秋月は険しい声音で続ける。

「深川の料理茶屋行事《ぎょうじ》（飲食店組合）に頼まれて、頼母子講の金主となった。妾《わらわ》が実家より持参した金を元本として、そのほうども料理茶屋は頼母子講を立講したのじゃ」

万吉郎は額に冷や汗を滲ませながら平伏する。

「ははっ、まことにかたじけなきお志にございまする。頼母子講のお陰様を持ちまして、我らは心を安んじて商売することが叶いまする」

「そのほうどもの商いなどどうでもよい。妾が欲しておるのは元本の徳益。月々の割り戻し金じゃ！　なにゆえ持参して参らぬのかッ」

万吉郎の顔に冷や汗がダラダラと垂れる。

「昨今の不景気にて、講中《こうじゅう》（保険の加入者）への合力金（保険金）を出さねばなりませぬゆえ……講で集めた金を運用して利息を得ようにも、貸し倒れと踏み倒しが相次ぐ世の中では、とうてい上手くゆかず……」

「ええいッ、言い訳など聞きとうないッ。妾が出資した金は父より預かった金！　久世橋大納言家の金ぞッ！　まさかそのほう、預った金はすべて使い果たした、などと申すのではあるまいなッ」

「め、滅相もございませぬ……！」

「事と次第によっては御台所様に言いつけるぞ！　御台所様より上様のお耳に達したならば、なんとするかッ。深川の門前町、料理茶屋の一軒残らず闕所となろうぞ！　更地にされて、火除け地になるものと心得よッ」

闕所とは営業の永久停止のうえに財産を没収する刑である。商人にとって最も重い財産刑であった。

「なにとぞッ、その儀ばかりはご容赦を……！」

花筏だけではない。深川じゅうの料理茶屋と、料理人や仲居、芸者や幇間《ほうかん》たちの暮らしに関わる一大事だ。

「ならば金を持って参れッ」

厳しく言い放つと、秋月ノ局は憤然として去った。

顔面蒼白の万吉郎だけが残された。

深夜、花筏の奥座敷で、万吉郎は一人、証書の山を前にして算盤を弾き続けていた。

秋月ノ局に元金を出資してもらった時に約束した割り戻し金が、どうやっても捻出できない。掛け金を納める講中は減る一方だ。閉店や休業をする店ばかりであるからだ。そして閉店や休業の保証として、金を渡さねばならない。

困ったときに頼もしい講だから頼母子講というのである。失業保険なのだから保険金を払わないわけにもいかない。

景気が良い時ならば、集めた金を運用するだけで、濡れ手で粟の大儲けができる。しかし不景気では、なにもかも上手く運ばない。

「やはり、三国屋さんから金を借りるしかないのか……」

ガックリと脱力する。万策尽きた思いだ。

と、その時であった。ガタッと不審な音がした。夜風が吹き込んできて行灯《あんどん》の灯が激しく揺れた。

どこかの雨戸が外れたのであろうか。しかし花筏は高級店で、建物には金をかけている。立て付けの悪い窓などはどこにもない。勝手に外れるはずがない。勝手に外れたのではないとしたら、なぜ雨戸は開いたのか。万吉郎の背筋にゾワッと怖気《おぞけ》が走った。

「だ、誰だいッ」

真っ暗な廊下に声をかける。廊下を誰かが、足音を忍ばせて歩いてくる。半分開いた障子から、真っ白な顔がヌウッと現れた。万吉郎に横目を向けて、朱《しゅ》を差した唇が不気味に笑った。

「ひいっ！」

万吉郎は腰を抜かした。立ち上がることができない。壁際まで尻をついたまま後退《あとずさ》りした。

「盗っ人かいッ？　金なら、うちにはないよ！　借金をするしかないと算段していたところなんだからねッ」

金なら出すから命ばかりは助けてくれ、と訴えたい場面なのだが、その金もない。

「本当に金がないんだ！　すまないが引き取っておくれ」

訴えると、凶賊は微笑みながら踏み込んできた。

「金などいらぬ。麿が欲しいのはそなたの命。そしてそこの帳簿でおじゃる」

文机には講のすべてを記載した帳簿がある。誰がどれだけ出資したのか、いくらの割り戻しを受けたのかが記載されてあった。

「こ、これだけはやめておくれ……！」

帳簿は商人にとって信用だ。奪われなどしたら、信用は地に落ちてしまって、二度と商人としてやってゆけなくなる。誰からも商売の相手にされなくなる。

その瞬間、凶賊の腰の刀が抜き放たれた。

「ぎゃあああ〜ッ」

刃が万吉郎の身体を切り裂く。血飛沫《ちしぶき》が散った。文机の上の帳簿や証文に血が降り注ぐ。

万吉郎は倒れた。真っ赤な血が畳いっぱいに広がった。即死である。目を剝いたままピクリともしない。

凶賊はブンッと刀を振るって血を払うと、無造作に納刀した。

「愚か者めが」

嘲笑《ちようしよう》して吐き捨てる。帳簿を懐に入れて泰然と立ち去った。


その頃、別の料理茶屋の座敷では、南町奉行所の内与力、沢田彦太郎が派手な宴を催していた。卯之吉が馴染みとしている『菱屋《ひしや》』である。深川でも随一の高級店であった。

「はっはっは！　飲めや謡《うた》えや！」

上機嫌で見苦しい酔態を晒している。朱塗りの大盃を飲み干して大はしゃぎだ。座敷に呼ばれた菊野も呆れ顔であった。

「大丈夫なんですかぇ、そんな乱暴な飲み方をして」

「なぁに心配はいらぬ。これしきの酒に飲まれるわしではない！」

「もう十分に飲まれていますよ。お足の払いの方は大丈夫なんでしょうねぇ」

「大きな声では言えぬがな……」

「八巻のことでな、甘利様から口止め料が下賜《かし》されたのだ」

「卯之さんのことって？　また、なんぞ面倒な話ですかえ」

「八巻もお偉方の都合でいいように振り回されておるな。まぁ、甘利様を悪くは言えぬ。このわしは、甘利様のお先棒《さきぼう》担ぎをしたのじゃからな」

詳しい話を聞きだそうと菊野が身を乗り出した、その時であった。

この店――菱屋の主人が血相を変えて膝行《しっこう》してきた。

「お頼み申します！」

沢田の前で正座する。

「なにとぞこれより、『花筏』までご出馬を願い奉りまする！」

沢田は泥酔した目を向けた。酒臭い息を吐きながら片手を振る。

「なんの話だ。無粋も極まるではないか。わしは新橋の呉服屋、四国屋の主じゃぞ。酒ぐらい好きに飲ませよ」

「いいえ、あなた様は南町奉行所の内与力、沢田彦太郎様！　なにとぞご検分のほど、よろしくお願い申しあげまする！」

沢田は両目を瞬かせた。

「わ、わしの……素性を知っておるのかッ」

「誰だって知っていますよ」

そう言ったのは菊野だ。下手な変装がバレていないと思っているのは沢田本人だけなのであった。

「こちらでございます！」

菱屋の主人に手を引かれて、花筏の奥座敷に連れてこられた。

「なんの余興だ。ああ、ひどく酔いが回ってきたぞ」

急に走ったせいで酒が全身に回った。手を引かれていないと歩けない。沢田は千鳥足で座敷に入る。

途端に酔いが吹っ飛んだ。

「……こっ、殺しかッ？　殺されておるのかッ」

骸《むくろ》に歩み寄ろうとして、血溜まりを踏みそうになって後退する。

「とっ、とにかく、同心を呼べッ。いやッ、待て。今のわしの姿を見られるのはまずいぞ！」

日頃は厳しく同心たちを叱咤《しった》しているのに、粋人《すいじん》気取りの格好など見せられたものではない。

菱屋の主人と花筏の使用人たちは、どうしたものかとうろたえた。

＊

「これが帳簿か。大儀であったな」

尾張家の江戸屋敷。薄暗い座敷に附家老の坂井と清少将がいる。少将は奪ってきた帳簿を坂井に渡した。坂井は丁《ちょう》（ページ）を捲《めく》って確かめた。

少将はつまらなそうな目で見ている。

「そんな物を盗み取って、どうするつもりでおじゃるのか」

「贋物《にせもの》の帳簿を作る」

「ふむ。それで、どうなる」

「贋物の帳簿が甘利の手に渡るように仕掛けをする」

「それで、どうなる」

「甘利の信用が大きく下がるのだ。甘利は老中に相応しくない、という声が大奥で湧き起こり、上様も聞き捨てにはできなくなる。そうして甘利は罷免《ひめん》される」

「そう上手くいくものでおじゃるか」

「まぁ見ておれ、わしの手腕を。甘利の如き無能の者など、追い落とすのに雑作《ぞうさ》もいらぬぞ」

坂井は低い声で笑った。

＊

翌日の昼前、老中の甘利備前守が大奥御広敷《おひろしき》に入った。

武士たちは御広敷という一室でお局様たちと会談する。この座敷までは、大奥も男子禁制ではない。

大奥年寄の秋月ノ局が入ってきた。甘利はサッと平伏した。

老中と大奥年寄は同格だが、秋月ノ局は年寄の首座《しゅざ》に就いている。俗に〝大奥総取締〟などとも呼ばれている。身分ではヒラの老中より上。大老《たいろう》に相当するであろう。

しかも大納言家の女《むすめ》である。老中甘利もまったく頭が上がらない。

着座した秋月ノ局は、いかにも権高い目を向けてきた。

「備前守殿。妾の耳に悪《あ》しき話が届けられた。妾にとって由々《ゆゆ》しき事態じゃ。今日はその件について諮問いたしたい」

「ハハッ」

と答えつつ、なんの話だ？　と甘利は訝《いぶか》しんだ。

＊

同じ日の午後、今度は沢田彦太郎が甘利の屋敷に呼び出された。書院に通される。

甘利は挨拶もそこそこに話を切り出した。

「深川の料理茶屋『花筏』の主が殺されたというのは、まことか」

「ハッ？　ハハッ」

なぜそんな話を問い詰められるのか不思議に感じつつ、沢田は答える。

「まことの話にございまする」

甘利は露骨に顔をしかめた。

「……なんたることか」

甘利は嘆いている。沢田は驚いている。料理茶屋の主が殺されたことは確かに許しがたき犯罪ではあるけれども、天下の老中を悩ませるほどの事件ではないだろう。

それにである。情報が伝わるのも早すぎる。
「ご老中様は、その一件、どちら様からお聞きになられましたか」
「大奥の秋月ノ局様からじゃ」
「大奥？」
ますますもって不可解である。町奉行所が取り調べに着手したばかりの事件が
どうして老中より先に大奥に伝わるのか。
「花筏の一件、なんぞ深い事情でもございまするか」
「ある。だから困っておる」
甘利は声をひそめた。
「これからの話は秘中《ひちゅう》の秘じゃ。決して誰にも漏らしてはならぬぞ。花筏の主
の万吉郎は、頼母子講の講元をしておった」
「ははぁ？　左様でございましたか。しかし、それがなにか？　確かに法度《はっと》に触
れてはおりますけれども、大奥やご老中様を案じさせるほどの一件ではございま
すまい」
町奉行所も鬼ではないし、杓子定規《しゃくしじょうぎ》でもない。同業者が寄り集まっての積み
立て金制度などは、目溢《めこぼ》ししてやることが多い。むしろ目溢し料を要求できてほ

くそ笑みそうな話だ。

　甘利は真剣な顔つきで、身を乗り出して、質問する。

「講の帳簿や証文の類は、町奉行所で確保いたしたのか」

「証文は、万吉郎の骸の周りに散らばっておりました」

「帳簿はどうであったか」

「見ておりませぬ。……帳簿がどうかいたしましたので？」

　甘利は胃が痛くなってきたのか、腹の辺りを擦《さす》りながら答えた。

「実はのぅ」

「実は？」

「その講の元本の金主は、大奥年寄首座、秋月ノ局様なのじゃ」

「御台所様と一緒に京から下って参られたお公家様の姫君様？」

「いかにも。久世橋大納言様の女御《むすめご》じゃ。実家よりご持参した金子《きんす》を江戸で運用して徳益を得ようとなさっていたらしい。大納言家が金主の頼母子講ならば、発覚しても、町奉行所では取り締まりができまいからの。やりたい放題じゃ」

　良く考えたな、と感心すべきか、舐めた真似をしやがって、と怒るべきか、沢田彦太郎でも困ってしまう。

「なるほど。大納言家が相手では、町奉行所の手にも余りまする」

「秋月ノ局様は、出資した金を徳益も添えて取り戻せ、と、厳命なされた」

「甘利様に、で、ございまするか」

「わしは南北町奉行所の支配役を拝命いたしておる。わしに命じたということはすなわち、町奉行所に命じた、ということじゃ」

綺麗に後始末をして金を取り戻せ——運用利益も添えて——と、町奉行所に命じてきた、というわけか。沢田彦太郎は理解した。

頼母子講は違法です。などと言っても仕方がない。偉い人が「白い」と言ったらカラスでも白い。それが世渡り。出世につながる道だ。

そうとなれば切り替えは早い。権力者に貸しを作って恩を売る好機でもある。

むしろニンマリとほくそ笑んでしまう。沢田彦太郎とはそういう男だ。腹芸《はらげい》で町奉行所を支えてきたのだ。

「心得ました。我らにお任せくださいませ。早急に善処いたしまする」

自信ありげな顔つきと態度で答えた。

甘利は「頼むぞ」と短く言って、そそくさと書院から出ていった。

*

「……という次第なのだ。甘利様の前で『お任せください』と言ってしまったのだ。力を貸してくれ」

三国屋の座敷に沢田彦太郎がやってきた。話を聞かされたのは卯之吉と、後見人のおカネだ。

卯之吉は「はぁはぁ」と要領を得ない顔で聞いている。

「京の偉いお公家様が、法度破りの立講で荒稼ぎですか」

おカネのほうは、さもありなん、という顔つきだ。

「上方《かみがた》じゃあ珍しい話でもないよ。お公家さんの中には御殿の内でヤクザに賭場《とば》を開帳させて、ショバ代を取ってる、なんてぇお人もいるさ」

おカネは大坂の掛屋（米の流通と金融を扱う豪商）の女房だった。金にまつわる醜聞《しゅうぶん》はいくらでも知っている。

それはそれとして卯之吉は首を傾げている。

「それであたしに何をしろって仰《おっしゃ》るんですかえ。ご詮議なら村田さんたちがやってくれるでしょう」

「金を揃えなければならぬ。秋月ノ局様にお返しするのだ」

今度はおカネが質す。

「その金を貸せって言うのかい」

「有体《ありてい》に申せば、その通りだ」

「こっちは金貸しだからね、金を貸してくれと言われれば、いくらでも用意するよ。南町奉行所が踏み倒すとも思えないから安心して貸せるさ。信用のおける貸し手には利率を少なくするのがうちの商いでね」

沢田は複雑な表情で聞いている。町奉行所の予算もカツカツだ。なにかと切り詰めて、組織を回している。

「利息は、負けてもらえぬか」

「でけへん話ですなぁ」

「八巻、お前から口添えしてくれ。借金の返済を毟《むし》り取られたら、お前の給金も減ることになる」

「あたしは最初から、たいしたお給金を頂戴していませんよ」

同心の給料は年収で米の三十俵。さらに二人扶持《ににんぶち》がつくが、これは家来二人に払うための金だ。銀八と美鈴に渡してしまう。

三十俵の米を金に換算すると（米価は常に変動するが）およそ十二両になる。その程度の金は、卯之吉は一晩で使い果たす。一両や二両、給金が減ろうが増えようが、暮らしぶりにさほどの違いはなかった。

余談だが、年収十二両では、どう頑張っても生活できない。同心たちは袖の下（賄賂）に頼って暮らさざるをえなくなった。役人の汚職は、安すぎる給与が原因で構造的に発生したのだ。

おカネが金を用意しながら沢田に言う。

「彦坊は、凶賊の捕縛《ほばく》を第一に考えることだ。お金のことなら任せておおき。ガキ大将から守ってやった彦坊の難儀だ。面倒を見てやろうじゃないか」

有り難いお志ではあるが、しかし、いつまで〝泣き虫小僧の彦坊〟の扱いなのか。沢田はますます情けない顔つきとなった。

＊

深川の花筏では同心たちによる取り調べが続けられている。村田が庭に出て、ぬかるみの前で屈み込んでいた。

「見ろ。足跡だ」

同心の尾上も覗き込む。

「本当だ。だけど、この店の使用人の足跡かもしれませんよ？」

「料理屋の使用人には庭を横切る理由はねぇぞ。店の手代に聞いた話じゃあ、近頃は植木職人も入れていねぇそうだ。誰も踏み込むはずもねぇ場所に残った足跡だ。間違いなく凶賊の物《モン》だぜ」

などと推《お》し量《はか》っているところへ同心の玉木が走ってきた。だいぶ慌てた様子である。

「村田さん！　お調べは打ち切りです。すぐに引き上げろってぇご下命が、沢田様より下りました」

「なんだとッ。どういうワケだッ！」

「わ、わたしに……聞かれましても……」

今にも胸ぐらを摑まれそうな勢いで村田が激怒し始めたので、玉木は急いで後退った。

ともあれ命令とあれば仕方がない。同心と捕り方たちが引き上げていく。村田も憤懣を隠さぬ顔で表道に出た。

そこへ声をかけてきた者がいた。

「よぉ村田。ご機嫌ななめだな」

北町奉行所の筆頭同心、笹月文吾が立っている。

笹月はいつでも笑みを浮かべている。いつでも怒り顔の村田とは正反対だ。

笹月は親指で花筏を指差した。

「調べが打ち切りになったんだろう？」

「ああ、そうだ」

二人は肩を並べて歩きだす。笹月は笑顔のまま「フンッ」と鼻息を漏らした。

「北町《ウチ》も同じだぜ。お奉行と内与力様からお指図《さしず》があった。この件には首を突っこむな、とさ。南町に力を貸すことも許さねぇってよ」

笹月はいつでも笑顔なのだが、笑顔の裏に諦観や自嘲を滲ませることがある。

この時もそうだった。

「一件の裏には、ごたいそうなご身分の御方が関わってるらしいや。町方同心風《ふ》情《ぜい》では、どうしようもねぇのさ」

村田も認めざるを得ない。しかし、である。

「だからといって、同心の務めに手を抜くことはできねぇ。今まで調べた分をもういっぺん、洗い直す」

笹月は噴き出した。

「堅物《かたぶつ》だねェ。たまには息抜きでもどうだ、芸者を呼んで楽しくやらねぇか——と誘おうと思ったんだが、そんな気分じゃなさそうだな」

「そうだ。そんな気分じゃねぇ」

その時そこへ「きゃあきゃあ」と黄色い声を上げながら、水茶屋の給仕《きゅうじ》娘たちが駆け寄ってきた。

「笹月の旦那！　寄っていっておくんなさいよ！」

両脇から二人がかりで笹月の腕を取る。挟まれた格好の笹月は笑顔を左右に投げた。

「おう、ちょっと一杯なら付き合うぜ」

「きゃあ嬉しい！」

三人は連れ立って茶店の中に消えた。村田は黙って見送った。

＊

一刻（約二時間）ばかりが過ぎて、今度は、卯之吉、沢田彦太郎、おカネ、銀八の四人が深川の門前町に乗り込んできた。

おカネが首を傾げている。

「ずいぶんと静かじゃないか」

「不景気ですからねぇ。小雨も降ってる。いつもならば、毎日が縁日みたいな賑《にぎ》わいですよ」

卯之吉がのんびりと答えるとおカネは呆れ顔となった。

「そうじゃないよ。殺しがあったわりには、騒動になっていないじゃないか、という話さ。役人の調べはどうなってるんだい」

それには沢田が答える。

「引き上げさせた。きつく口止めを命じておる。お局様が関わっておるからな。大きな噂となっては困る。さらに申せば深川は客商売だ。人殺しがあったなどという話は、自分たちでも広めたがるまいぞ」

そういう次第で道行く人たちは、なにも知らないままなのだろう。

花筏はさすがに休業だ。暖簾は出ていない。三人は花筏に入った。店の中には料理茶屋の主人たちが二十人ばかり集まっていた。善後策を協議していたのに違いなかった。

「おや、卯之さん」

明るい声を上げたのは菊野だ。

「沢田様も」

ついでのように言う。ずいぶんな扱いだが、沢田だけは上機嫌だ。

「おう。わしが来たからにはもう大丈夫だ！」

菊野の前にズカズカと歩み寄って手など握った。菊野も蕩《とろ》けるような作り笑顔を向ける。今は深川の危急存亡がかかっている。内与力に愛想を振りまくらい、なんでもない。

おカネが咳払いした。

「彦坊、あんたぁ何しに来たんだい」

「おっ、いや、これは……ウオッホン」

おっかないおカネ姉ちゃんの前では、沢田もまったく顔色《がんしよく》がない。主人たちに向き直って座り、ふんぞり返った。

「聞け、三国屋の跡取りと後見人を連れてまいったぞ。すでに話はつけてある」

料理茶屋の主人たちが恐縮しきって低頭する。

「ありがたいお手回しでございます」

「なにとぞ我らをお救いくださ い」

主人たちに向かって答えたのはおカネだ。

「金を貸すのはやぶさかじゃないが、いくら貸せばいいのか、そこのところをはっきりさせておくれじゃないか。お局様が貸してくだされた元金はいかほどの額だったのか、年利いかほどの徳益を割り戻す約束だったのか、そこをはっきりさせないといけないよ」

まくし立てる弁舌《べんぜつ》と正論に、その場の全員がウンウンと頷いた。頷かなかったのは卯之吉だけで、話がまったく理解できないのか、それともそんなことは先刻《せんこく》承知しているのか、どちらにもとれる笑みを浮かべている。

おカネが沢田に顔を向ける。

「帳簿は見つかったのかい」

「そのことだが……ともあれ、殺しがあった座敷を見てくれ」

一行は奥座敷に向かった。骸は運び出されていたが、畳に血が残っている。銀八はたちまち震え上がった。

卯之吉と沢田が怯《おび》えていないのは当然として、おカネも菊野も平然としている。銀八は菊野に聞いた。

「おっかなくねぇんでげすか」

「慣れちまったのさ。卯之さんとつきあってると、いつもこうだろう？」

慣れとは恐ろしいものである。

卯之吉がスタスタと踏み込んでいく。

「証文が散らばってるねぇ」

血に塗《まみ》れた紙を拾い上げた。

「頼母子講の預かり証文だね。万吉郎さんは講の帳合をしていたところを襲われたんだねぇ」

卯之吉は部屋中を見て回る。

「証文はあるけれど帳簿はない。盗まれたんだね。間違いない」

沢田彦太郎が首を傾げる。

「どうして、盗まれたと言い切れるのだ。どこかにしまってあるかもしれぬではないか」

「ほら、この文机」

卯之吉は机の上を指差した。

「斬られた万吉郎さんの血飛沫が飛び散ってるけれど、ここの所だけ血がかかっていない」

机の上に長方形に血のかかっていない部分があった。

「ちょうど帳簿の大きさですよ。ここに帳簿が置いてあったんだ。万吉郎さんを殺した人が、血飛沫のかかった帳簿を持って行ったんです」

「なるほど」

「帳簿を持って行かれたのでは大変ですよ。どれだけの金が集められていたのか、誰にいかほど割り戻したのか、残金はどれぐらい残っているのか、まったくわからない」

卯之吉は証文を手に取って眺めた。

「お局様にいくらお返しすればいいのかが、わからなくなりましたよ」

沢田彦太郎が質す。

「どうすればいいのだ」

「どうすればいいんでしょうねぇ」

卯之吉は気の抜けた笑みを浮かべている。おカネが代わりに答えた。

「講に加わった者も預け証文を持っているはずさ。全部集めれば、証文は復原《ふくげん》できるよ」

「よぅし、料理茶屋の主人たちを残らず締め上げて、証文を提出させようぞ」

沢田の物言いを聞いて、卯之吉が笑っている。

「きつい詮議なんかしたら、深川の鼻摘まみ者になっちゃいますよ？」

「そのようなことを言っておる時か！……いや、確かにそれは困る」

沢田は顔を赤くしたり、青くなったりした。

「それならば、盗まれた帳簿を見つけ出せば良いのだ！　草の根わけても捜し出せッ」

「それは村田様たちに言いつけてくださいましよ」

卯之吉は（自分に関わる話ではない）という顔をしている。

（ご自分も同心であるということを、すっかり忘れてるでげす）

と銀八は思った。

＊

翌日、卯之吉は若旦那の姿で荒海一家を訪れた。三右衛門は卯之吉が変装して極秘の探索に当たっていると信じているので、若旦那姿でも驚かない。

しかし一連の話を聞かされて、ちょっとばかり驚いている。

「頼母子講の帳簿、ですかい」

「沢田様がねぇ、見つけ出せとうるさくてねぇ。ご面倒だけど探してみてはくれないだろうか」

「合点しやした」

三右衛門は羽織の袖の中で太い腕を組む。しかめっ面になった。

「質《たち》の悪い強請《ゆすり》野郎の仕業だな。講の金主がお局様だと知って強請をかけてきやがるのに違《ちげ》ぇねぇですぜ。頼母子講の勝手な立講はご法度破りだ。お局様にはとんだ不面目。世間に知られたくねぇとなりゃあ、金を渡すしかあるめぇ」

卯之吉の横で銀八が「なるほど」と頷いた。

「たっぷり強請れるネタだと踏んで帳簿をかっぱらって行ったんでげすね。どうしてそんな物《モン》を盗んだのか、これで合点がいったでげす」

卯之吉はプカーッと莨を吹かしている。

「老中の甘利様も、毎日大奥に呼び出されて油を絞られているらしいよ。さぞ、お辛いことだろう。なんとかして差し上げなくちゃねぇ」

卯之吉は困っている人を見捨てられない性分だ。相手が貧乏長屋の子供であろうと、老中であろうと、まったく同じ気持ちで同情する。

「心得やした。強請たかりで稼いでいやがる小悪党なら何人か覚えがありやす。

必ず見つけだしてくれやしょう！」

「そう言ってもらえるとありがたいねぇ」

悪党には悪党の情報網がある。三右衛門は卯之吉の手下を務めているけれど、悪党の世界には片足をつっこんだ——どころか全身首まで浸かった男である。きっと見つけ出すに違いなかった。


その頃、深川の門前町では、料理茶屋月行事《がちぎょうじ》の店に、料理茶屋の主人たちが大勢、集められていた。

月行事とは同業者組合の会長のことだ。名店の主人が一ヵ月交代で務める。この月は菱屋の主人が就任していた。卯之吉が贔屓にしている店だ。

菱屋は、集まった主人たちの顔を見渡した。

「花筏の万吉郎さんが講元を務めていた頼母子講だが、南町奉行所のお指図で、盗まれた帳簿を作り直すため、貸しつけ証文を集めることになった。皆の手許に大事にとってあるはずだ。差し出しておくれ」

主人たちは顔を見合わせている。困惑や不満を顔に張りつけていた。

菱屋の主人も渋い表情だ。

「差し出したくない、という気持ちはわかる。なにしろ御法度の立講だ。あとで町奉行所に呼び出されて、お仕置きを受けることになったら敵《かな》わないからね」

いわゆる地下銀行なのである。露顕した時の罪はけっして軽くなかった。

料理茶屋の主人たちは口々に訴える。

「菱屋さん、これはどうにも無理な話だ。差し出せ、と言われても困るよ」

「南町のお指図と言われても、自分の悪事の証拠を差し出すってのは……」

「馬鹿正直に差し出した結果、店を取り上げられたうえに江戸から追放、なんてぇことになったら大変です」

皆が一斉に頷いた。

「頼母子講(事業保険)は、なくてはならないものだから、皆で出資しているのです。本来であれば、御公儀がやらねばならない仕事のはず」

「しかし御公儀はなにもやってくれない。だからあたしたちが自前でやってるんだ。それなのにお上は頼母子講を御法度だとして、取り締まりまでなさる」

「こんな時だけ『お上に手を貸せ』と言われても、とうてい従う気には、なれませんよ」

主人たちが口々に言い、皆で大きく頷きあった。

菱屋の主人も内心では同意である。だから強く命じることもできない。

と、その時であった。

「なんですね、旦那様がた、深川の門前町が危ないところだってのに、ご自分の都合ばっかりを考えなさるなんて！」

威勢の良い啖呵《たんか》が聞こえてきた。

廊下の障子が開けられる。廊下には菊野と深川芸者衆がズラリと居並んでいた。

菊野は主人たちに鋭い目を向ける。

「この一件でお怒りになっているのは町奉行所のお役人様がたではござんせん！　秋月ノ局様ですよ！　南町の沢田彦太郎様も、八巻卯之吉様も、お局様のお怒りからこの深川を守ろうとしてくださってるんだ。旦那衆は、そんな道理も飲みこめないって仰るんですかえ！」

料理茶屋の主人たちが動揺する。菊野は啖呵を切り続ける。

「あたしら芸者も深川が大好きさ。深川が好きだから芸者をやってるんだ。その深川が、お局様の怒りに触れてるって時に、深川のために証文を差し出せないってンなら、そんな旦那の店には、こっちから縁切りだよ！　お座敷に呼ばれても、金輪際《こんりんざい》、あたしら芸者が足を運ぶことはないよ！」

廊下に並んだ芸者たちの顔は厳しい。決死の覚悟が窺われた。料理茶屋の主人たちはますます動揺した。

菱屋の主人が答える。

「芸者衆に見放されちまったら、深川の料理茶屋はやっていけない」

主人たちに顔を向ける。

「どうだろう皆さん、ここは深川のため、考え直しちゃあもらえまいか」

主人たちはオドオドと目を泳がせていたが、一人、また一人と頷き返した。

次々と貸し出し証文が提出された。講に参加していた者たちが店の手文庫（金庫）から持ってきたのだ。

菱屋は証文を束ねると別室に移った。菊野が座っている。菱屋は声をかけた。

「姐さんのお陰で上手くいったよ。本当に恩に着る」

「なあに、あたしたちは自分の言いたいことを言ってやっただけさ。ああスッキリした」

菊野は奥座敷に向かう。ここから先は客の立ち入ることのできない部屋だ。その部屋ではおカネと喜七が文机を並べて算盤を弾いていた。

おカネがジロリと目を向ける。

「証文は揃ったのかい」

菊野は答える。

「ええ。全部揃いましたよ。貸しつけ証文も、割り戻しの受取証文も、ぜんぶ出してもらいました。これで帳簿が元のようになるのですかぇ」

「ここから先が大変だよ。算盤で数字を合わせなくちゃならない」

喜七は証文を捲りながら算盤を弾いている。

「あたしも手伝いましょうかねぇ」

菊野も文机を前に据えて座った。証文に目をやりながら算盤を弾き始めた。

おカネが「おやっ？」と声を漏らした。

「達者な算盤じゃないか」

「ええ、まあ、これでも苦労してますのさ」

過去になにかがあったらしいが、詳しくは話さない。おカネも詮索はしない。

「見せてごらん」

菊野が出した解《かい》を見て、計算が正しいことを確認した。ふむ、と頷いてから指図をする。

「出てきた数を一割二分で割ってごらん。それが割り戻しの額だよ」

「あいよ」

菊野は算盤での少数の割り算を、当然の顔つきでやってのけた。

「こんな数が出ましたけどねぇ」

「それで合ってるよ」

菊野はまっさらな帳面に出てきた数字を書き留めていく。おカネは何事かを思案し始めた。そういう顔つきであった。

*

卯之吉は深川の周辺をフラフラと歩いている。傍目《はため》には、暇を持て余した若旦那があてどなく散歩をしているようにしか見えないが、お供の銀八には、これが卯之吉なりの探索であるらしい、と理解している。

「若旦那が捕り物に精を出すなんて、珍しいでげす」

「深川ご門前町の危機だからねぇ。お局様を怒らせて、深川全部が取りつぶしになる、なんてことになったら大変だからさ」

自分の愉《たの》しみのためならば、多少の苦労は厭わぬようだ。

「花筏の庭に残っていた足跡だけど、洲崎のほうに向かって逃げて行ったよね。おや、あれは何をやってるんだい？」

深川の東にひろがる荒野に旗を差して、なにかの集団が蠢《うごめ》いていた。

銀八は小手をかざして遠望する。

「あれは、濱島与右衛門先生でげすよ」

「測量だねぇ。長崎渡りの機械を使っているようだよ」

卯之吉は興味津々だ。

「近くで見せてもらおうじゃないか」

銀八は呆れる。

「頼母子講の帳簿を探すのが第一じゃねぇんでげすか？　よけいな道草はいけねぇでげす」

その時、卯之吉の名を呼びながら走ってきた者がいた。

銀八は振り返って目を向ける。

「美鈴様でげす。血相を変えていなさるでげすよ」

美鈴は土埃《つちぼこり》を巻き上げながら走ってくると、荒野に向かおうとする卯之吉の前に立ちはだかった。

「勝手に出歩かれてはいけませぬ！」

卯之吉はいつもの軽薄な笑顔で答える。

「今日は町奉行所のご詮議です。ここは深川ですけれど、遊びに来たわけじゃありませんよ」

「どちらでも同じことです。清少将があなた様のお命を狙っているのですから！出歩くときは必ずわたしを連れて行ってください！」

「でも、そうすると遊びに行けないじゃないですか」

「やっぱり！　遊びに来たのですね！」

卯之吉はまったく悪びれた様子もなく、ヘラヘラと笑っている。美鈴がどうして怒っているのか、それすら理解していないのかもしれない。

ともあれ卯之吉は、興味のあるほう――測量の現場――に向かって進んでいく。

「濱島先生、ご精が出ますね」

のんびりと声をかけると濱島が振り返った。塗笠をかぶっていたが、ちょっと指で持ち上げて卯之吉の顔を確かめた。

「ああ、あなたは三国屋の……」

「三国屋の放蕩息子ですよ。ほほう、測量ですか。高低差を測っているのですね。長崎渡りの唐物をお持ちとは、たいしたものです」

唐物とは輸入品のことだ。

「尾張様から金子を拝借して買ったのですよ」

「ほほう？　尾張様は洲崎にお屋敷でもお建てになるのですかねぇ。酷い土地柄ですけれど」

こうして立って喋っている間にも、足元から水が湧いてきた。地面は砂地で、その上に枯れ腐った葦が重なっている。体重がかかると泥水がジクジクと染み出してくるのだ。

濱島は答える。

「水路を掘って水を抜けば、このような土地でも町になります。どうしても高さの足りない場所は、土地の嵩上げをするつもりです」

「土地の嵩上げ？　どうやって」

「火事で大量の瓦礫《がれき》と灰が出たでしょう。江戸の市中では始末に困るガラクタですが、ここまで運んで地面に埋めれば、立派な土台になるはずです」

「なるほど。一石二鳥ですねえ。さすがに先生は頭が良くていらっしゃいますねえ」

真っ正面から褒め上げる。卯之吉以外の人間だったら厭味《いやみ》に聞こえるかもしれないけれども、卯之吉は本心から思っている。厭味にならない。

「いや、それほどでも……」

濱島は困ったような笑みを浮かべた。濱島のような真面目な人物でも、卯之吉の相手をしていると調子がおかしくなってしまうようだ。

それから卯之吉と濱島は測量技術について蘭学で問答《もんどう》を交わした。濱島の門人たちは測量作業を続けている。銀八は手持ち無沙汰だ。

「若旦那、そろそろお暇《いとま》しましょう。捜し物もありますし、こちらの先生のお邪魔をしては悪いでげすよ」

「ああ、そうだねぇ。すっかり話し込んでしまった。それじゃあ濱島先生、話の続きは次に会った時にでも」

「足元が悪い。その辺りに古い水路の跡がある。苔《こけ》が張っていて滑りやすいからお気をつけてお帰りなさい」

「あいあい」

卯之吉は歩きだした。

卯之吉という男は『足元注意』という場所では必ず転ぶし、『頭上注意』という場所では必ず頭をぶつける。案の定、足を滑らせて転んでしまった。

「何をやっているのです」

美鈴が手を伸ばして卯之吉を起こす。

「ちゃんと足元を見て歩いてください！　ああ、こんな泥だらけになって……」

甲斐甲斐しく世話を焼いて、着物についた泥を払った。

「いやあ、まさか本当に足が滑るなんてねぇ」

「頭の中で別のことを考えながら歩いているから、転ぶんです！」

卯之吉はヘラヘラと笑っている。

その様子を濱島が笠の下から見ている。

「頭の中で別のことを考えながら歩いているから……か」

大昔の記憶が蘇った。濱島も子供の頃から好奇心が旺盛で、よそ見をしたり、考え込んだりしながら歩く子供だった。当然に転んだり、何かにぶつかったりした。

そんな濱島を叱ってくれたのが母親だった。

派手に転んで、母親に抱き上げられた記憶が蘇《よみがえ》る。母の匂いと温かさを、確かにその時は感じたはずだ。

だが、今はまったく思い出せない。

卯之吉の着物の泥を美鈴が払っている。卯之吉が「もう大丈夫ですよ」と歩きだした。美鈴はどこまでも心配顔で一緒に歩いていった。

濱島は笠を伏せて俯いた。

＊

三右衛門は荒海一家の子分たちを引き連れて場末の街に乗り込んだ。

「酷い所だな。悪党どもの臭いがプンプンしていやがる」

計画性もなく立ち並んだ長屋のせいで迷路のようだ。汚い路地には汚物も散乱している。代貸（一ノ子分）の寅三が先導していく。

「住みついているのは悪人ばかりですぜ。泥棒市が開かれるんでさぁ」

泥棒が盗品を売りさばいて金に換える。それが泥棒市だ。

「蓑虫《みのむし》ノ小吉郎《こきちろう》ってぇ小悪党が、帳簿を売りに出すってぇ噂を聞きつけやした。

野郎め、千金、万金の強請のネタになる、と吹聴していやすぜ」

「ようし、それだ。奪い返すぞ。逃がすんじゃねぇぞ」

　荒海一家は身を低くして進む。悪党たちは生活態度もだらしがない。夏草は伸び放題、古い樽や木箱などが片づけられることもなく積まれていた。三右衛門たちにとっては都合がよい。姿を隠しながら小吉郎の隠れ家を取り囲むことができた。

　三右衛門が子分に「かかれ！」と手を振った。自らが先頭に立って押し込む。オンボロの木戸を蹴り破って突入した。

「蓑虫ノ小吉郎！　御用だ！」

　昼だというのに小吉郎は寝ていた。夜中に働く泥棒だからだ。三十ぐらいの貧相な男で、被っていた夜着《よぎ》（掛け布団）をはね除《の》けて起き上がった。

「だっ、誰でぃ！」

「八巻の旦那の一ノ子分、荒海一家の三右衛門だ！　神妙にしやがれッ」

「くそっ！」

　小吉郎は枕元に手を伸ばした。匕首を摑んで身構える。

　三右衛門が「馬鹿野郎！」と叫んで突進した。小吉郎の脛《すね》を蹴り払う。小吉郎はもんどりを打って転倒した。裏口から突入してきた寅三たちがよってたかって足蹴《あしげ》にする。小吉郎は悲鳴を上げていたが、すぐにグッタリと動かなくなった。

部屋の隅に行李《こうり》がある。物を入れておく箱だ。三右衛門は蓋を開けると手を突っ込んでかき回した。

「あったぞ。この帳簿だぜ！」

帳簿の表紙には『深川門前町頼母子講』と書かれてある。江戸で暮らす者たちは文字の読み書きぐらいはしっかりできる。

捲ってみると一丁目《いっちょうめ》（一ページ目）に『立講金主　秋月局様　金二千五百両』と書かれてあった。

三右衛門は「よし！」と頷いた。小吉郎を睨みつけた。

「手間ァ取らせやがって！　盗っ人野郎め、花筏の旦那殺しの咎《とが》と合わせて厳しい仕置きが下るぜ。覚悟しやがれッ」

小吉郎は縄で雁字《がんじ》搦《がら》めにされている。首だけ伸ばして訴えた。

「待ってくれ親分、俺は何もしちゃいねぇ。その帳簿は知らねぇ奴から買い取ったんだ！」

「どうせならもう少しまともな嘘をつきやがれ！　野郎ども、引っ立てろッ」

子分たちが「へいっ」と答えて小吉郎の襟首を摑んで立ち上がらせた。小突き回しながら大番屋まで連行した。

三右衛門は帳簿を携えて南町奉行所に向かった。

与力でも同心でもない三右衛門は奉行所の建物にあがることは許されない。庭に回される。

廊下を回って内与力の沢田彦太郎がやってきた。尊大な態度で立ち、庭の三右衛門を見下ろした。

「帳簿を取り戻したそうだな」

三右衛門は即座に答える。

「あっしは八巻の旦那のお指図で動いておりやした。帳簿は、八巻の旦那にお渡しいたします。旦那を出しておくんなせぇ」

沢田彦太郎も三右衛門の頑固な性格は知っている。渋い顔つきとなった。

「八巻は、今、ここにはおらん」

「そんなら、お戻りになるまで待たせていただきやす」

「や、八巻は……甘利様より直々《じきじき》の密命を受けて働いておる。よって、南町奉行所に顔を出すのがいつになるのか、わしにも判じかねるのじゃ。ハァァ」

思わずため息をもらしてしまった。沢田彦太郎は老中の甘利と卯之吉に振り回されて精神的に参っている。

甘利は権力の横車を押してくるし、卯之吉は甘利の意図を知ってか知らずかの横紙破りだ。中間管理職の沢田は二人に振り回されるばかり。まったく嫌になってしまう。

「この一件、南町奉行所は甘利様のお指図を拝して動いておるのだ。八巻も承知である。帳簿を差し出せ」

そこまで言われたなら否《いな》と言い続けることはできない。三右衛門は渋々、帳簿を差し出した。沢田は受け取って中身を急いで検《あらた》める。

「まさに、探しておった物はこれだ！　良くやった！」

「お褒めの言葉は八巻の旦那にかけてやっておくんなせぇ。あっしは、八巻の旦那に褒められたくて働いてるんですぜ」

「ああ、わかった。八巻を褒めおく！　大慶至極《たいけいしごく》じゃ」

沢田は帳簿を手にして、奉行所の奥へと戻って行った。

「良くやった！」

帳簿を受け取った甘利備前守は喜色《きしょく》を満面に表した。

「これでわしの面目も立つ！　重畳《ちょうじょう》である！　良くやったぞ」

沢田彦太郎は両手を畳について低頭する。

「お褒めの言葉、ありがたく頂戴いたしまする」

これで南町奉行の罷免《ひめん》も回避できた。沢田も内与力の地位に留まり続けることができる。誰もが満足できる結果だ。

そのはずだった。


甘利備前守は帳簿を持って大奥御広敷に向かった。三方にのせて座所の前に据える。秋月ノ局はすぐにやってきた。

甘利は平伏して迎える。お局様が着座し終えるのを待ってから言上した。

「頼母子講の帳簿を取り戻しました。これにて万事、安心にございまする」

秋月ノ局は「ふむ」と答えて帳簿に手を伸ばした。甘利は喋り続ける。

「深川の門前町は、お局様よりお借りした元本を、お約束した徳益を添えましてお戻しするとの由《よし》、言上《ごんじょう》して参りました。これにてお局様のご金子は――」

「甘利殿」

話の途中で秋月ノ局が声を放った。凄まじい眼光で睨みつけてきた。

「この帳簿は贋物じゃっ！　妾が下賜した額とは異なっておるぞ！　徳益の率も約定《やくじょう》のものとは違うッ」

甘利は動揺した。

「な、なんと！……されど、この帳簿は南町奉行所の者が探索のうえで見つけ出したもので……」

「妾を謀《たばか》るおつもりかッ。このような嘘に騙される妾だと思うておるのかッ」

「謀るなどとは、滅相《めっそう》もない……」

「ならば甘利殿は南町奉行所に謀られたのかッ。なんと愚かな！　甘利殿、この件、御台所様と我が実家の大納言家に伝えまするぞッ。御台所様からは上様のお耳に、大納言からは帝のお耳に届くものと覚悟なされよッ」

甘利は魂消《たまげ》た。文字通りに魂が消し飛ぶほどの衝撃を受けた。茫然自失というやつだ。

「秋月ノ局様！　さすれば、まことはいかほどの額をご出仕なされたのか、割り戻しの利率はいかほどという取り決めだったのか、それらが書かれた証文をお持ちのはず！」

「持っておる」

お局様は装束《しょうぞく》の胸元に手を当てた。白い封紙に包まれた書状が挟まれているのが見えた。

「この騒動があってから、このようにして、常に大事に携えておる」

「その証書を見せてはいただけませぬか」

「無礼な！　人の金のやりとりを見たいじゃと？　妾の財布を覗くも同じではないかッ。甘利殿ッ、そこもとは『財布の中身を見せてくれ』と言われたら財布を開いて見せるのかッ」

「お怒り、ごもっとも……」

秋月ノ局は激怒しながら去っていく。甘利は呼び止めることすらできなかった。

＊

尾張家の附家老、坂井は、一人で薄暗い座敷に座っている。

「甘利め。まんまと贋帳簿に引っ掛かりおった。秋月ノ局に披露するとは、とんだ間抜けよ。これで奴めの信用は地に落ちたぞ！」

本物の帳簿を懐から取り出すと長火鉢の中に投げ入れた。帳簿に火が移ってメラメラと燃え上がった。

「秋月ノ局にはお気の毒だが、大損《おおぞん》を被《かぶ》っていただく。怒りの矛先は甘利に向けられようぞ。わしの策謀が的の中心を射抜いたわ！」

坂井は身を仰《の》け反《ぞ》らせて高笑いした。その顔を炎が下から照らしあげる。天井に映った黒い影が妖しく揺れた。

＊

正午を報せる太鼓が打ち鳴らされた。老中の退勤する時刻だ。

甘利は悄然《しょうぜん》としつつ、江戸城御殿の畳廊下を歩いている。

「わしは……これで終《しま》いじゃ……」

きっと老中を罷免される。領地の石高も減らされるかもわからない。

石高の削減は〝老中に出世できる家柄〟からの降格を意味している。今後、甘利家は、子々孫々《ししそんそん》まで老中には出世できずに苦渋《くじゅう》を飲まされることになるかもしれなかった。

「なんたることじゃ……」

その場にへたりこみそうになる。倒れないように身体を支えているだけで精一杯だ。

「甘利」

ふいに背後から声をかけられた。振り返ると幸千代が立っていた。

甘利は急いでその場で正座して平伏する。

幸千代はなにやら意地悪そうな笑みを浮かべながら近づいてきた。

「だいぶ困っておるようだな。上様より聞かされたぞ」

「もう、上様のお耳に――」

「兄上は、だいぶ心配しておったぞ」

「某《それがし》のことを、それほどまでにご案じくださっておわしまするか」

「何を言うておる。御台所が機嫌を損じはせぬかと心配しておわすのじゃ」

「あっ……左様で……」

「秋月ノ局は、ああ見えて下々に慕われておる。頼母子講で儲けた金で菓子など買っては、大奥の女中たちに配っておったのだ。甘利よ、いまや大奥のすべてがそなたの敵になったと心得よ」

甘利はもう、絶望を通り越して血を吐いてしまいそうだ。

「ともあれ、なんとかせねばならぬのぅ」

「何ぞ、良きご思案《しあん》がございまするか」

「わしに思案などあろうはずもない。じゃが、あの者ならば、きっと良き手立てを思いつくに相違ない」

「あの者とは？……もしや！　あの者にございまするか」

幸千代は、悪戯っ子のような笑みを浮かべた。

「わしとあの者に、万事、任せておけ」

そう言い放つと、ここが殿中であることも弁《わきま》えず、高笑いしながら去って行った。

＊

秋月ノ局の乗物《のりもの》とお供の行列が料理茶屋の前に着けられた。店の主人が恭しく迎える。局は悠然たる態度で店に入ると、いちばん豪華な座敷に向かった。

座敷はいっそう美々《びび》しく飾られている。柱は朱漆《しゅうるし》で塗られ、壁も襖も金箔張りで飾られてあった。畳も張り替えたばかりの青畳だ。お付きの侍女たちの席も並べられ、美膳《びぜん》と美酒が用意されてあった。

正面に座ったお局様はおおいに満足の様子だ。

「楽しい芝居でありましたぞ、幸千代君」

隣に幸千代の姿もある。秋月ノ局は幸千代に誘い出されて芝居見物と洒落込《しゃれこ》んだのだ。

大奥の女中（女中はこの当時、女性の敬称）は、将軍家代参《だいさん》という名目で市中での遊興が黙認されている。代参とは将軍や御台所の代理で寺や神社に参拝することだ。

秋月ノ局は華やかな歌舞伎を満喫し、すっかり夢心地となっている。もちろん、陰から万事を手配したのは卯之吉だ。追い打ちに、とばかりに更なる趣向が次々と用意されていた。

正面の襖が開かれる。隣の座敷への視界が開けた。そこには豪華な着物と打掛が衣桁《いこう》に掛けて並べられてあった。一着や二着ではない。十数着が置かれている。

幸千代が説明する。

「江戸の商人たちから、局への贈り物だ」

「まぁ！」

秋月ノ局は隣の座敷に移って着物を見て回る。まさに目移りしてしまう。

「どれもこれも見事な逸品よのぅ……」

「京より取り寄せたと申しておった。気に入ったか」

「まさに、京にいるが如き心地がいたしまするぞ！　幸千代君のお心遣い、まことに嬉しく思いまする」

「なんの、まだまだ終わらぬ。次なる趣向を用意してある。ともあれ席に戻られよ」

幸千代と局は金屏風の前に座り直した。

「参れ！」

幸千代が座敷の外に声をかける。若衆《わかしゅ》役者たちが二十人ばかり、サーッと座敷に入ってきた。皆、若くて美形揃いだ。局の前で平伏した。

秋月ノ局は幸千代に顔を向けた。

「この者たちは？」

「今日の芝居に出ていた役者たちだ。そこもとの無聊《ぶりょう》を慰めるために、わしが呼んだ」

「まぁ！」

「日頃、大奥で我が兄上によく仕えてくれることへの礼じゃ」

主賓《しゅひん》が男の宴会であれば接待に美女が呼ばれるが、主賓が女人であるならば美男が接待役を務める。整った顔だちの男たちに笑顔を向けられ、秋月ノ局は喜びを隠せない。

「幸千代君のお心尽くし、まことに嬉しく存じまするぞ」

「今宵は存分に飲まれよ。わしも飲むぞ。者どもッ、賑やかにやれ！」

幸千代の合図で管弦の演奏が始まった。鉦《かね》と太鼓と三味線が鳴らされる。若衆役者たちは優美な踊りを披露する。局は笑顔を弾けさせての大喜びだ。

一人の役者がスッと寄ってきた。手にした銚釐《ちろり》の先を向ける。

「どうぞ、ご一献」

幸千代が説明する。

「その者は由利之丞と申して、わしが目を掛けておる役者じゃ」

「由利之丞でござんす。お局様、どうぞご贔屓に」

局は朱塗りの杯を手にした。由利之丞が酒を注ぐ。この酒も卯之吉が吟味して、金を惜しまず用意した美酒だ。気位の高い局も一口含んで笑みがこぼれる。

「美味いぞえ!」

若衆役者は華麗に舞い踊っている。その向こうには衣桁にかかった着物が広がる。天界もかくや、の夢見心地だ。

「幸千代君。そなた様のことを甲斐の山中で育った無骨者《ぶこつもの》、などと妾の耳に吹き込む者がございましたが、それこそが讒言《ざんげん》でございましたなぁ。かように雅びやかな粋人でございましたとは。さすがは上様の弟君でございますこと」

「はははは。人はなんとでも悪口を申すものよ」

宴は上機嫌に進んだ。日頃、厳格な暮らしをしている者ほど酔態は乱れがちである。目をつけた若衆役者を左右に侍《はべ》らせ、局は杯を重ねていく。お酌をする由利之丞も大忙しだ。

「もう一献じゃ」

局が杯を差し出す。すかさず由利之丞は酒を注いだ。銚釐の注ぎ口が杯に当たる。局の指から杯が落ちて酒が着物を濡らしてしまった。

局が柳眉《りゅうび》を逆立てた。

「なんたることじゃッ」

「と、とんだ粗相《そそう》を……!」

由利之丞が慌てて平伏する。すかさず幸千代が取りなした。

「酒の席ではよくあること。皆、酔うておる。お局殿、濡れた着物ではたまるまい。ちょうど新しい着物もある。着替えてはどうじゃな？　このわしも、お色直しをしたお局殿の艶姿《あですがた》を愉しみたい」

「まぁ若君様、なんとお口のお上手なこと」

機嫌を直した局が立ち上がる。衣桁にかかった着物を見て、「これがいい、やっぱりこっちが、いいえこちらが」と選び始めた。買い物と同じだ。時間がかかる。取り巻きの若衆役者たちがいちいち「よくお似合いでございます」だの「さすがはお目が高《たこ》うございます」などと褒めそやすので尚更だった。

局は着替えのために別室へと移った。

「お着替えのお手伝いをさせていただきまする」

別室では一人の女中が待っていた。正座して低頭する。菊野であった。局はなにも不審に感じずに濡れた着物を脱ぎ始める。懐に挟んであった封紙も外した。

菊野が受け取って、スッと別の封紙にすり替えた。

「これが預け証文だよ」

さらに別室。薄暗い座敷に菊野が封紙《ふうじがみ》を持ってきた。卯之吉と銀八が待っている。

受け取った卯之吉が封紙を開いて中の証文を確かめる。

「本物だね。さぁ銀八、急いで書き写すんだよ」

「心得ましたでげす」

証文には、秋月ノ局が出した金額と、徳益の率、割り戻しの約束についてが記載されていた。銀八が別紙に書き写していく。

そこへ幸千代が顔を出した。

「上手くいったか」

卯之吉は笑顔で頷いた。

「お陰さまで助かりましたよ」

「わしへの礼なら甘利に言わせろ。まったく世話を焼かせおって。このわしに骨を折らせるとは。……さて。わしの役目は終わった。後のことは任せたぞ。わしは帰る」

「えっ、お局様は、どうするんでしょうかね」

「お前がわしの代わりに接待しろ。どうせ気づかれはせぬだろう」

幸千代は行ってしまった。

「やれやれ。いつも身勝手なお人ですねぇ」

菊野は苦笑する。

「幸千代様も、卯之さんには、言われたくないでしょう」

銀八は書き写し終えると証文を封紙に戻した。

「あの若君が、人さまのために骨を折ってくださるなんて、珍しいことがあったもんでげす」

「甘利様のためだろうね。甘利様はボンヤリとしたお人柄だけれど、なんだか、放っておけないんだよねぇ」

菊野はまた笑った。

「甘利様も、卯之さんにだけは言われたくないでしょうよ」

幸千代と同じ装束に着替えた卯之吉が宴席に入る。

「ああ、賑やかだねぇ。心が浮き立つよ」

幸千代の影武者を務めあげる、などという使命はたちまち忘れた。

「さぁ踊りましょう」

若衆役者の真ん中に入って舞い踊る。秋月ノ局は大喜びだ。

「おや、なんと！　幸千代君は、舞いの名手でございますこと」

卯之吉は局に笑顔を向ける。

「どうぞ、ご一緒に」

誘われて局も立った。二人で手に手を取って舞い踊る。

「あれ楽しや。幸千代君、今日より大奥は、あなたさまのお味方となりましたぞえ」

「それは嬉しいお志ですねぇ。よろしく頼みますよ」

卯之吉は封紙を差し出す。

「お局様、大事な封紙が落ちましたよ」

「あら、いけない」

贋物の封紙はすでに卯之吉の手で抜き取られている。身を寄せて踊るふりをして抜き取ったのだ。そして本物の封紙に交換された。

秋月ノ局は何も気づかず、封紙を襟に差し直した。宴を満喫し、大満足で大奥へと帰って行った。

＊

「まことの帳簿を取り戻しました」

大奥御広敷で甘利が言上した。三方にのせられた帳簿が大奥女中の手で秋月ノ局の前に運ばれる。局は帳簿を手に取って開いた。

「ふむ。妾が授けた額と同じじゃ。交わした約定も、間違っておらぬ」

さらに丁（ページ）をめくって確かめていく。この帳簿は菊野たちが苦労して復原した。講に参加した料理茶屋の屋号と主人の名前、講に預けた金額が漏れなく記載されていた。

「間違いない。覚えのある名じゃ。確かに講元の帳簿であるようじゃな」

甘利はもう一つ携えてきた三方を差し出す。

「講元の花筏万吉郎が殺《あや》められましたゆえ、頼母子講は破講となり申した。これは深川の料理茶屋行事よりの返金にございます。元本に加えて、お約束の徳益の分を添えてあるとのよし」

三方には目録がのせられている。広げて見せると三千石あまりの金額が記載されていた。目録の差出人として『三国屋　卯之吉』『後見人　カネ女』の署名があった。大金を持ち運ぶのは大変なので、目録を手形（小切手）として差し出したのだった。

局は「うむ」と頷いて、襟元から封紙を抜いた。目録と引き換えに甘利の手に渡る。甘利は証書を広げて確かめて、

「確かに」

と答えた。大奥女中に文箱を持ってこさせて筆を取る。元金と徳益の数字が書かれたところに上から大きく〆の字を書き込んだ。これによって〝この証文は返金し終えた〟ことの証明になる。

甘利は局に顔の正面を向けた。

「公儀に断りもなき立講は御法度にございまするが、これにて内済《ないさい》といたしまする」

局の目つきが険しくなる。

「甘利、そのほう、妾に説教するつもりか」

「滅相もない。お局様がお次にご立講をなさる際には、是非ともそれがしにご相談をたまわりたく」

「頼母子講を立てるにあたっては、いちいち老中の承諾を取れ、と申すか」

「それがしも出資に加わりとうございますゆえ」

「ふん。見え透いたことを言いおって。妾と同じ講に入ることで妾の蓄財を見張るつもりじゃな」

「いえいえ。こう見えてそれがしも利殖《りしょく》は大好きにございます」

「食えぬ男じゃ。考えておく」

局は、感謝を述べるでもなく、苦労を労《ねぎら》うでもなく、去った。

＊

「甘利が、お局様のご機嫌を取り結んだ、じゃとッ！」

尾張家の屋敷で附家老の坂井主計頭が激昂した。報告したのは側近の武士である。濡れ縁で正座している。

「かねてより内通させておいた大奥の侍女《じじょ》より報せがございました。頼母子講の金は徳益を添えて返金され、秋月ノ局様はご満足のご様子――とのこと」

「馬鹿な！　講元の帳簿は確かに燃やした！　いかにして帳簿を元に復したというのかッ」

「皆目、見当もつきませぬ」

武士は報告を終えると去った。座敷では清少将が昼から酒を呷っている。

「さすがは八巻じゃ。どうやら、してやられたようじゃな」

「敵を褒めてなんとするッ」

少将は冷やかな笑みを浮かべた。

「大敵であればあるほど、斬って捨てた時の喜びが増すのじゃ……違うでおじゃるか坂井殿。坂井殿もこれでますます甘利の倒し甲斐が増えたでおじゃろう」

「う、むむ。次の手は、すでに考えてある」

「それでこそ坂井殿じゃ」

少将は杯をクイッと呷ると唇についた酒を舐めた。まるで蛇のような顔つきとなった。

＊

三国屋の座敷で菊野が算盤を弾いている。料理茶屋の主人たちに差し出させた証文を検めているのだ。

おカネも盛んに証文をめくっている。

「お局様への返金は三国屋が立て替えた。甘利様のためだからね。けれども元々は料理茶屋の主人たちが立てた頼母子講だよ。お局様への返金も、それぞれの店に負ってもらうからね」

「あい。深川芸者も啖呵を切りましたからね。取り立てに力を貸しましょうよ」

菊野は取り立て証文を書きあげた。おカネに渡す。

「これでどうです」

おカネは念入りに確かめる。

「いいだろう。次のを頼むよ」

菊野は「あい」と答えて別の証文を引き寄せ、算盤を弾き始めた。

金蔵では手代の喜七が千両箱を数えながら大福帳を検めている。そこへおカネがヌウッと顔を出した。

「喜七や」

「へい、後見役様。なんぞ御用でしょうか」

「聞きたいことがある」

おカネは近々と寄ってきて小声で質した。

「菊野だけどね、あれは独り身かい」

「はい？　ええと、独り身だと聞いております」

「そうかい。それならば好都合だねぇ……」

「なにがです」

「卯之吉の嫁に、だよ。しっかり者だし算術も達者だ。家事全般がよくできる。年上だけれど、卯之吉のような男には姉さん女房のほうがいいだろうさ」

喜七は仰天している。

「嫁入り？　急にそんな話は……いかがなものかと」

「なんだい、あんたは反対かい。美鈴のほうがいいってのかい」

「いえ、それは……。美鈴様が三国屋の嫁に向いているとは、とうてい申せませんけれども……。いやぁ、美鈴様は、ちょっと無理です」

「そうだろう？　それなら決まりだ。話を進めるからね」

おカネは出て行った。喜七は困り果てている。

「しかし、婚儀の話を勝手に進めるのは、どうしたものでしょうかねぇ」

おカネの耳には届かない。おカネはいそいそと母屋に戻っていく。

「菊野や。一休みしてお茶にしようか」

そんな声が聞こえてきた。いくぶん猫撫で声なのが恐ろしい。

第三章　仇討《あだう》ち二人

一

昼下がりの江戸。今日も大勢の人々が行き交っている。

中でも目立つのは日傭取りだ。働いた一日分だけの賃金を受け取って暮らす男たち。江戸の町中には地方から、大勢の困窮した人々が流れ込んでいた。

焼けた柱を積んだ荷車が車軸を軋《きし》ませながら引かれてくる。崩れた蔵の漆喰壁や礎石《そせき》の石を畚《もっこ》で運ぶ者たちもいる。

火事場の後片付けがすんだなら、次は焼け跡を火除け地にするための作業が始まる。地面を平らに均《なら》し、重石を打ちつけて突き固める。

地面が柔らかいままでは雑草が生える。冬場、枯れ草になったところに火が着いたなら激しく燃える。それでは火除け地の用を成さない。むしろ逆効果で火事の温床《おんしょう》になってしまう。地面を突き固めるのは大事な仕事だ。

男たちが忙しくしている中、若旦那姿の卯之吉がシャナリシャナリと歩いてきた。

呑気な風情である。周りの男たちが汗水垂らして働いていても、後ろめたさなどは微塵《みじん》も感じていない。

「歩き疲れたよ銀八。ちょっと休んでいこう」

「さっきの甘味処から、まだ二町も歩いちゃいねぇでげすよ」

歩くことに対して根気がなさ過ぎる。しかし卯之吉はまったく聞いていない。

「疲れちまったもんは仕方ないだろう。ちょうどそこに茶店の腰掛けがある」

茶店を見つけると、さっさと歩み寄って腰を下ろした。親父には茶を頼んで、

自分は腰の莨《たばこ》入れから煙管を取り出した。

その横には先客の老人が座っていた。美味そうに莨を燻《くゆ》らせている。

卯之吉も自分の煙管に火を着けようとした。そして「おや」と表情を変えて手

を止めた。

「見事な銀煙管だねぇ」

卯之吉に声をかけられた老人が「ん？」という顔を向けてきた。そして笑顔になった。

「こいつですかい」

銀で作られた煙管をちょっとあげる。見事な龍の彫金《ちようきん》が施されている。長年の莨の煙に燻《いぶ》されて、まさに燻銀《いぶしぎん》の輝きを放っていた。

「いかにも自慢の煙管でしてね。歳を取るってぇと家も身分も持ち物も、なにもかも鬱陶しくて重荷になる。身の回りの物はぜんぶ手放しやしたがね、この銀煙管だけは、どうしても手許において置きたかったんでさぁ」

卯之吉は大きく頷いた。

「わかりますよ。あたしもね、自分の家に銭がある、ってのがたまらなく嫌だ」

卯之吉は極めて上物の着物や小物で全身を包んでいる。大金持ちだと一目でわかる。親父は声を上げて笑った。

「そうは言っても若旦那は、小判のほうから寄ってきてズンズン財布に溜まっちまうってぇ人相だ」

「わかるかね」

「そんなお大尽サマのお眼鏡に適ったこの銀煙管。煙管冥利《みょうり》に尽きるってぇもんでしょうな」

老人は煙管を灰吹き（灰皿）にカンッと打ちつけて灰を落とした。それから吸い口を咥《くわ》えると、ひと吹き、息を吹き込んで羅宇《ラウ》（煙管の管の部分）に溜まった脂《やに》を吹いた。

腰帯から下がった莨入れに煙管を仕舞う。最初から最後まで流れるような所《しょ》作《さ》。粋そのものの姿であった。

「それじゃあ、あっしはこれで」

立ち去る様もまた見事だ。卯之吉は惚れ惚れと見送った。

「どこのどなたかは存じあげないが、たいした貫禄だねぇ。さぞや名のあるお人に違いないよ」

＊

深夜。江戸の町は闇と静寂に包まれていた。

商家の瓦屋根が静かに軒を並べている。と、突然。一軒の商家の雨戸が、内から激しく蹴り破られた。続いて黒装束の男たちが十数人、開かれた戸口から走り出てくる。肩には銭箱を担いでいた。

曲者《くせもの》たちは夜道を走り去っていく。

商家から一人の男が這《は》い出してきた。この店の主人であろう。血にまみれ、立ち上がるだけの力もない。

火の用心の夜回りがやってきた。そしてすぐに異変に気づいた。血まみれの商人に駆け寄って抱き起こそうとした。

商人は必死に声をしぼり出す。

「盗っ人が……店の金が、奪われ……た……」

事態を飲みこんだ夜回りは呼子笛《よびこぶえ》を口に咥《くわ》えて、夜空に向かって吹き鳴らした。

捕り方はすぐに集まった。町々の番屋に詰める番太たちだ。

さらには南町奉行所の同心、村田銕三郎と尾上伸平、玉木弥之助も駆けつけてきた。

村田は毎夜の巡回を欠かさない。率先して町々を見て回る。それにつきあわされるのが尾上と玉木だ。いつもは疲れ切って眠そうな風情なのだが、さすがに今は、真剣そのものの顔つきだった。

彼方《かなた》からも呼子笛の音が聞こえた。どこかの町の番太が吹いているのだ。吹き鳴らし方には意味がある。盗っ人の一団がこちらに来た、と報せる合図を刻んでいた。

「あっちだ！　行くぞ！」

村田が真っ先に走り出し、同心二人と番太たちが後に続く。

一同は駆けに駆けた。番屋の笛の音が近い。つまり盗賊団にも近い、ということだ。

尾上が叫ぶ。

「村田さんッ、足跡です！」

雨でぬかるんだ路面に足跡が残っていた。連日の雨は気を滅入《めい》らせるものだったが、今度ばかりは天の助けだ。

村田は部下と番太に喝を入れる。

「悪党どもは重い銭箱を担いでるんだ。そう素早くは走れねぇ！　一気に追い詰めるぞッ」

同心二人と番太は「おう！」と気勢を上げた。

町の角を走って曲がった、ちょうどその時、道の先から別の同心が走ってきた。驚いた顔で村田たちを見て叫ぶ。

「銕三郎かッ？　曲者がこっちに来なかったかッ」

村田銕三郎も驚いている。

「笹月かッ、お前のほうこそ、悪党どもを見なかったのか」

その同心は北町奉行所の筆頭同心、笹月文吾であった。

笹月が答える。

「おれは悪党を追ってきたのだ！　この路地に追い込んだはずなのだが」

悪党を追ってきた者どうしが道の真ん中で鉢合わせをした。そして悪党どもはどこにもいない。

「ど、どういうことだ」

笹月は驚き慌てている。

村田は十手を振り回し、配下の者たちに命じる。

「近くに潜んでいるはずだッ。探せッ」

番太たちが「はっ」と答えて、細い路地や町家の裏庭に踏み込んで行く。

＊

翌朝、南町奉行所の同心詰所に同心たちが集まってきた。

尾上は目の下の隈《くま》を擦っている。一晩中、一睡もせずに走り回っていたのだ。

「まったく、なんの手がかりも摑めません」

詰所の真ん中に座った村田に向かって報告する。

続いて玉木がやってきた。

「襲われた店の主人から話を聞いてきました」

「主人は命を取り留めたのか」

「ええ。八巻が嬉々《きき》として傷口を縫ってましたよ。あいつは本当に、いらぬところだけ器用ですよねぇ」

「ハチマキの話はどうだっていい！　店の主人はなんて言ったんだ」

「押し込みは、十数人で徒党を組んでいたそうです」

尾上が首を傾げる。

「それだけ大人数の盗っ人一味が、霞《かすみ》の如くに消えちまうなんてことが、あるわけねぇんだッ」

鬼同心の村田も、自分が関わった不手際だけに、部下たちに怒りをぶつけることもできない。

「今も江戸のどこかに潜んでいやがるに違いねぇ。よし、人別帳《にんべつちょう》に記載のない流れ者を検《あらた》めろ」

　玉木が唇を尖らせた。

「ですがね村田さん。ここ三年の長雨と飢饉《ききん》で田畑を捨てた者たちが大勢、江戸に仕事を求めて来ています。一朝一夕に調べをつけるってわけにも……」

　尾上も同じ思いだ。

「流れ者の人数は、万を超えますよ」

「馬鹿野郎ッ、最初から諦めてどうする。毎日毎日歩き回って一人一人の人別を検めて、悪党どもを追い詰めるのが俺たち同心の務めだ！　さっさと行けッ」

　少しぐらいは眠りたいが、村田の前で眠そうな顔もできない。同心たちはフラフラの足どりで町奉行所を出た。

＊

　荒海一家の表看板である口入れ屋に、時ならぬ珍客が訪れていた。

憚《はばか》りもなく台所に踏み込んでいる。

「汚い台所だねぇ。どこもかしこも蛆《うじ》がわきそうだよ！」

荒海ノ三右衛門が奥から出てきた。

「誰でぃお前は。なんだって知らねぇ女がオイラの塒《ねぐら》にやって来て、ガミガミと小言を垂れていやがるんだよ」

「あんたが三右衛門かい。あたしがおカネだ」

「おカネ?」

「卯之吉の叔母だよ！」

一家の全員が驚いている。おカネの啖呵は続く。

「聞けばあんたは、卯之吉の一ノ子分だと言い張ってるそうじゃないか！ あたしゃあ卯之吉の後見人だよ！ 子分の身上を検めるのは当然じゃないか！」

おカネは一家の子分衆の顔をジロジロと見渡した。

「どいつもこいつも一癖ありそうな悪人ヅラばっかりだ。表向きには口入れ屋だ、なんて言ってるが、裏では賭場を開帳しているそうだね！」

代貸の寅三が答える。

「それは……江戸にはびこる悪党を賭場におびき寄せて、人別を検めたうえでお上に突き出そうってぇ策でござんして……」

「屁理屈を言うんじゃないよ！」

そこへ、眠そうな顔つきの尾上が入ってきた。

「おう、邪魔するぜ。なんだか騒々しいじゃねェか」

寅三が答える。

「へい。ちょっと取り込み中でして」

「八巻はもう顔を出したのか」

「今日は、まだ、お越しじゃあござんせん」

「南町奉行所からのお触れだ。人別帳にない流れ者が徒党を組んで盗みを働いている……という疑いがあるんだ」

「そいつぁ、なおざりにはできやせんな」

「江戸に入り込んだ流れ者が最初に頼るのは口入れ屋だろ。よって命じるぞ。素行の怪しい者をあぶり出し、町奉行所に報せるんだ。わかったな」

町奉行所からの命令だ。三右衛門は板敷きに膝を揃えて受けた。

「お指図、確かにお受けいたしやした。悪党を見つけ次第、八巻の旦那にお報せに参じやす」

尾上は不満顔だ。

「俺のところに報せに来てもいいんだぞ？」

尾上は帰っていった。三右衛門は「フンッ」と鼻息も荒く胸を反り返らせた。

「どうでぇ。荒海一家はお上の御用を承っているんだ。お前《め》ぇに文句を言われる筋合いはねぇ！」

おカネも「フンッ」と鼻を鳴らしてそっぽを向いた。

同じ頃。村田銕三郎も熱心に歩き回っている。この男は誰よりも働き者だ。部下だけを働かせたりはしない。

もっとも。村田が昼も夜も休日もなく働き続けるから、部下たちは大変なのであるが。

村田は濱島与右衛門の私塾を訪れていた。学問所の板敷きで塾長の濱島と向かい合う。

濱島は首を傾げた。

「はて？　ご覧の通りにここは私塾でございまして。学問を学びに来る者はおりますが、盗っ人などは、見たこともござらぬ」

村田は鋭い眼光で濱島を凝視している。怪しい振る舞いはけっして見逃さない、という顔つきだ。

「食い詰め者たちが大勢集まってると聞いたぜ」

一方の濱島はゆったりと座っている。

「先日の火事で焼け出され、食うに困った者たちをみるにみかねて、焚き出しの真似事などをいたしましたが……、その者たちも火除け地の普請《ふしん》という仕事を得て、日々、働きに出ております。皆、まっとうな正直者ばかり。夜中に盗みを働く者など――」

「一人もいねぇってのかい」

「わたしの目の届く限りでは、おりませぬな」

村田は私塾の建物を出た。周囲は低湿地だ。ちょっとした雨で泥沼になる。そんな場所に小屋を建てて、大勢の流れ者たちが暮らしている。

「やはりここからは目が離せねぇな」

などと呟いていたその時、

「村田様の若旦那じゃあござんせんか」

ふいに声をかけられた。目を向けると一人の老爺《ろうや》が立っていた。

「手前ぇは……、もしかして権平《ごんぺい》か」

権平は嬉しそうに頷いた。

「あっしが最後にお上の御用を務めたのは鬼仏《きぶつ》ノ僧兵衛《そうべえ》一味の大捕り物……十六年も昔でござんす。若旦那のお目にかかるのもその時以来だ。すっかり大きくなられましたなァ」

「馬鹿を言え。十六年前なら俺はとっくに大人だ。その時に比べたからって、大きくなるわけがねぇだろう」

権平は自分の額を平手でピシャリと叩いた。

「そうでござんしたかねぇ。なんだか旦那のちっちぇ頃の面影ばかりが浮かんでめぇりやす。オイラも耄碌《もうろく》したのかねぇ」

「田舎にひっこんだと聞いたが、どういう風の吹き回しで江戸に舞い戻ってきたんだい」

「へい。いかにも上州《じょうしゅう》の宿場で団子を焼いちゃあ旅人に食わせる稼業をしておりやしたがね。昨今の飢饉で食い詰めた上州の悪党どもが、お江戸に向かったってぇ話を耳にしやして」

村田は「うむ」と頷いた。権平の顔つきも、好々爺然《こうこうやぜん》としたものから、鋭いものへと変わる。

「蛇《じゃ》の道は蛇だ。年を食っても悪党どものツラは憶えておりやす。悪党をみつけ出し、お上に指《さ》してやろうってねぇ、年甲斐もなく張り切りやしてね」

「殊勝な心掛けだ。頼りになるぜ」

「ほんのご恩返しでござんすよ。元はと言えば、あっしもつまらねぇヤクザ者。獄門台に送られて当然の悪党でござんした。こうしてジジイになるまで命をつなぐことができたのは、先代の旦那――あなた様のお父上様のお陰でござんす。この老人の最後の一花、町奉行所のお役にたちてぇ、なんて考えやしてね。やれやれ、柄にもねぇ話だ」

「今の言葉、泉下《せんか》の親父が聞いたら、さぞ喜ぶだろう。必ずや悪党を見つけだし、報せて寄こせよ」

「へい。きっとお報せに参じやす。それじゃあ、今日のところはこれで」

権平は一礼して去った。

二

一方その頃、荒海一家の台所では——。

「なんだいその包丁の扱いは！　桂剝きぐらいまともにできないのかい！」

大根の皮を剝いていた子分の包丁づかいを叱りつける。さらには鍋を受け持つ別の子分にも文句をつけた。

「灰汁《あく》が浮いてきたら、おたまで取る！」

「へ、へい……」

気合負けであろう。強面の子分が背を丸めて指示に従う。そしてたちまちおカネの逆鱗《げきりん》に触れてしまう。

「灰汁と一緒に汁まで取っちまったら、汁じゃあなくなっちまうだろう！　煮込みになっちまうよ！　本当に不器用だねぇ」

「ぶ、不器用な生き方しかできねぇ男なもんで……」

ともあれおカネは味見をする。

「うん、まぁ、美鈴が作った汁よりはマシだろう」

台所の様子を寅三と三右衛門が窺っている。寅三が耳打ちする。

「美鈴さんもお辛いことになっていそうですな」

「とんでもねぇ女だ。三途の川の奪衣婆《だつえばばあ》だって、もうちっとは優しいだろうぜ」

奪衣婆は、あの世に向かう道筋で最初に出会う鬼だとされている。

三右衛門は地声が大きい。おカネの耳に届いたらしい。

「誰が、なんだって？」

三右衛門はホトホト嫌気の差した顔つきだ。

「なんでもねぇよ！」

「だいたいね、あんたが女房をもらわないのが悪い！　これだけの大人数が暮らす一家だ。男所帯でどうこうなるもんじゃないよ！」

三右衛門は眉根を寄せ、唇を尖らせた。

「俺に女房がいようがいまいが、お前《め》ぇにゃあ関わりねぇことだろう」

すると、包丁担当の子分が横から口を挟んできた。

「だけどよぅ親分。おカネさんの言うことももっともだぜ」

鍋の子分も同意する。

「そうだよ。おかみさんがいてくれたほうがいい」

「馬鹿野郎ッ」

た。


三右衛門は激怒した。

恐ろしい折檻《せっかん》が始まりそうだったその時、一人の若者が口入れ屋に入ってきた。

「ごめんください」

客が来たのに折檻はできない。三右衛門は殴りつけようとしていた腕を止めた。寅三が店に向かう。

店に来たのは十三歳ぐらいの男の子だった。実に素直そうな顔をしている。

人柄が良さそうだ、と三右衛門は感じた。人柄の悪い者に仕事は紹介できない。人柄を見極めるのは、口入れ屋として大切な技能であった。

「仕事を探してるのかい」

寅三の問いに、若者は首を横に振って答える。

「いいえ。こちらの親分さんのお袖に縋《すが》りたく、参じました」

袖に縋るとは、庇護を求める、という意味の慣用句だ。

若者は懐をまさぐって紹介状を差し出す。包んであった油紙を開いて封書を差し出した。寅三が受け取って三右衛門に渡す。

三右衛門は若者に向かって念を押した。

「荒海一家の身内になりてぇってのかい」

身内とは子分の意味だ。ヤクザになりたいのか、と質《ただ》したのであった。

＊

若者は三右衛門の座敷に通された。三右衛門は神棚を背にし、長火鉢を前に据えて座る。

「小諸《こもろ》ノ勘次《かんじ》からの文、読ませてもらったぜ」

小諸ノ勘次は中山道《なかせんどう》の小諸宿を縄張りとする侠客《きようかく》だ。三右衛門とは兄弟分の杯を交わしている。

「手前ぇは昇太郎《しようたろう》ってぇ名前《なめ》ぇなんだな」

男の子はきちんと正座して低頭する。

「はい。昇太郎と申します。勘次親分は、荒海一家の親分さんは頼りになるお人だと仰っていました」

「俺を見込んで頼ってきたなら、追い返しもなるめぇが。だがなお前ぇ、いっぺんヤクザになっちまったら堅気に戻るのは容易じゃねぇぞ。一生を日陰者として生きる覚悟はあるのかい」

昇太郎は悲痛な顔つきで頷いた。ヤクザになりたくてなるのではないが、他にどうしようもない、という表情であった。

三右衛門は深くは詮索しない。

「まぁ、行き場がないならウチの飯を食っていくがいい。お前ぇの性根を確かめさせてもらおうじゃねぇか。杯を交わすかどうかは、その後で決める」

「お世話になります。よろしくお引き回しください」

「配膳の手伝いでもしてこい」

昇太郎は低頭してから台所へ向かった。入れ代わりになるようにしておカネが入ってきた。

「いい子じゃないか。躾《しつ》けもしっかりできてる。ヤクザにするにはもったいない。まともな商家に奉公させるべきだよ」

三右衛門はプイッと横を向いて腕を組んだ。

「そんなこたぁ、言われなくてもわかってらァ。だけどな。この世には、堅気としては生きてゆけねぇ、どうしようもねぇ事情を抱えちまった者《モン》がいるのさ。ヤクザになるしかねぇ、他に生きる道がねぇ、そういう奴がいるんだよ」

朝飯が終われば大量の汚れ物が出る。昇太郎は流しに座り、文句も言わずに兄貴分たちの食器を洗った。今日も口入れ屋は大忙しだ。仕事を求めて大勢の男たちがやってくる。昇太郎は、右も左もわからなかったが、無心に走り回り、身を粉《こ》にして働いた。

そうこうするうちに長い一日が終わった。暮六つ（午後六時ごろ）の鐘が聞こえてきて、空は茜色《あかねいろ》に染まった。

江戸で暮らす人々は日が沈んだなら働かない。行灯《あんどん》などの照明はあまりにも光量が乏しい。夜なべ仕事はやりたくてもできないのだ。

代貸の寅三は昇太郎に声をかけた。

「ご苦労だったな。今日はもう帰っていいぞ」

「明日もよろしくお願いいたします」

昇太郎は丁寧にお辞儀をした。

仕事から解放されたのは一家の子分衆も同じだ。店ではきちんと着ていた着物をヤクザ者らしく着崩し、品のない笑みを浮かべた。これから夜の街に繰り出そうというのだ。

「おい新入り！　飲みに行くぞ！　ついてこい」

子分の一人（昇太郎にとっては兄貴分）が誘ってくる。

別の子分たちもやってきた。

「酒より博打《ばくち》だ。博打の打ちかたを教えてやらぁ」

さらに別の子分が、

「女は……まだ早いか？」

などと意味深な笑みを浮かべた。そして一同で大笑いした。

昇太郎は真面目な表情で、きちんと正座したまま兄貴分たちに向き直った。

「お誘い、まことにありがとうございます。だけど、ご一緒はできません」

子分の一人が目を剝く。

「なんでだよ」

「長屋で、おっかさんがオイラの帰りを待ってるので……」

昇太郎が答えると、子分たちは大爆笑した。

「おっかさんだァ？」

「お前、まだオッパイが恋しいのかよ」

「馬鹿野郎ッ」

怒鳴り声が聞こえた。奥の暖簾を払って、荒海ノ三右衛門がやってくる。子分たちに駆け寄るなり拳骨《げんこつ》の制裁を加えはじめた。

江戸の町には多くの人々が流れ込んでくる。百万人の人口を抱えていたので選り好みをしなければ、どうにか仕事にありつけた。

しかしである。まっとうな奉公をするには通行手形という書類が必要だった。出身の村の役人（いわゆる庄屋）と、檀那寺《だんなでら》（家の墓がある寺）の僧侶が連名で署名して、人物の身許を保証する。

通行手形の本来の目的は旅のパスポートなのだが、身許保証にも重宝《ちようほう》された。手形を持たない者は長屋を借りることもできなかった。

それでも江戸には現実として、大勢の身許不詳な者たちがいる。需要があれば供給もある。彼らに宿を貸す者もいた。その宿は流れ宿《ぐやど》と呼ばれていた。当然ながら違法営業だ。まともな者ならけっして寄りつかぬ、治安の悪い場所にあった。

屋根の傾いた小屋が立ち並んでいる。細い路地には汚物が散乱していた。路地を縫って昇太郎が進んでいく。ひとつの小屋の板戸を開けた。

「おっかさん、帰って来たよ」

小屋の中には闇があった。昇太郎は灯《とも》しに火を入れる。小屋の中がぼんやりと明るくなった。

地面の上に莚《むしろ》が敷かれていた。そこが寝床だ。ボロをまとった女が座っていた。老婆に見えるが、それは窶《やつ》れているからで、案外まだ若いのかもしれない

——と、三右衛門は思った。

「荒海一家の親分さんだ」

昇太郎が母親に紹介する。

三右衛門は地面に膝をついて頭を下げた。

「初めてご挨拶させていただきやす。荒海一家を束ねる三右衛門でござんす。今日から大事な悴《せがれ》さんをオイラの一家でお預かりすることになりやした。剣呑《けんのん》な渡世でござんすが、けっして無茶はさせねぇとお約束いたしやす。きっと悴さんを一人前ぇの男に育てやすンで、どうぞお心を安んじておくんなせぇ」

母親も莚の上で丁寧に低頭する。

「ご丁寧なご挨拶、身に沁みてありがたく存じます。愚かな息子ですが、なにとぞよろしくお引き回しくださいい」

「たしかにお引き受けいたしやした」

挨拶の他にはすることもない。当然、茶などは出てこない。三右衛門は外に出た。母親と息子の会話は聞こえない。小屋の中はひっそりと静まり返っていた。

三

数日後の夜。

荒海ノ三右衛門はわずかな子分を従えたのみで一軒の料理茶屋（料亭）に向かった。

座敷に上がると、三右衛門を呼び出した相手が床ノ間を背にして座っていた。

「おう、来たかえ」

貫禄のある顔つきと声音だ。三右衛門は下座に控えて、深々と平伏した。

「大恩ある権平親分をお待たせしちまって、とんだ不面目。申し開きのしようもございやせん」

権平――かつては村田鋣三郎の父に仕えた目明かしで、持ち物の銀煙管を卯之吉に褒められた男――は、ニヤリと不敵な笑みを浮かべた。

「こっちが呼びつけたんだ。詫《わ》びを入れるにゃあ及ばねぇぞ」

「親分の隠居場にはご挨拶にも伺わず、長らく無沙汰をしておりやした」

「隠居先にはツラを出すな、と言いつけたのはオイラだぜ」

権平は上目づかいに三右衛門を見つめる。油断のならない目つきだ。自分では隠居したと言っているが、俠客の気迫を失ったわけではなさそうであった。

「お前ぇの一家、だいぶ威勢が良いようだな。上州の田舎町にまで噂が届いてるぜ」

「お陰さんで、渡世の仁義を欠くこともなく、一家を構えさせていただいておりやす」

「うん、そうだ。渡世の仁義さえ守っていれば、どうにかこうにか生きてゆける。それが俠客ってもんだ。その心掛け、忘れちゃあならねぇぞ」

「お教え、肝に銘じやす」

その時、廊下で店の女将《おかみ》の声がした。

「もうお一人のお客様がお越しでござんすよ」

権平が答える。

「通しておくんなぃ」

その客がやってくる。廊下を踏む音が重々しい。体重のある男だ。巨体を小さく丸めると、廊下に膝をついて低頭した。

「猪五郎《いごろう》でござんす」

身体も大きいが顔も厳《いか》つい。一目でヤクザ者だとわかる。歳は三右衛門と同じくらいだ。

それでも権平は、我が子を見たような顔で微笑した。

「入ってこい」

猪五郎は敷居を越えて座敷に入った。三右衛門の横に正座する。

「大親分。一別《いちべつ》以来でござんす。お懐かしゅうござんす。おう荒海ノ。手前ぇも来ていたのか」

三右衛門は露骨にそっぽを向いた。それを見た権平は面白そうに笑った。

「お前たち、相も変わらず仲が悪いのかい」

猪五郎が答える。

「あっしにゃあなんの遺恨もございやせんがね。三右衛門の野郎は、昔ッから片意地張りでいけねぇや」

権平は煙管に火をつける。

「手前ぇたちゃあ二人ともが、オイラの家の釜の飯を食って育った兄弟分だ。仲良くしてもらいてぇもんだが」

「やいッ荒海ノ。親分のお志《こころざ》しだぜ。オイラたち兄弟分を思ってのお諭《さと》しだ。なんとか言いなよ」

「へい」

「へいじゃ、わからねぇだろ」

権平が宥《なだ》める。

「まぁ、そういきり立つな。久しぶりに顔を揃えたってのに、たちまち喧嘩でもねぇだろう。酒を飲もうじゃねぇか。おーい、膳を頼むよ」

権平は手を打ち鳴らした。

三人で飲み食いをする。たとえ仲が悪かろうとも、それなりに、昔話に花が咲いた。

権平が尋ねる。

「猪五郎、お前ぇは今、なにを渡世にしてるんだい」

「寄宿《よせやど》の仕切りをやっておりやす」

「寄宿ってのはなんだい」

「行き場のない流れ者たちが集まって仮小屋を建てて暮らしておりやす。あっしは飯の焚き出しや、仕事の世話をしておりやす」

猪五郎は雄弁をまくしたてる。

「江戸は今、火事場の後片付けや火除け地の普請でおおわらわでござんす。さらには三年続きの長雨で川の水が増え、堤の修築にも追われておりやす」

居住まいをただす。

「オイラたちはヤクザ者。世間様のお役に立てなくなったらただの悪党だ。いつでも世間様の役に立つことを考えていなくちゃならねぇ――っていうのが親分のお教え。あっしは片時も忘れたことがござんせん。お上の政《まつりごと》のお役に立ちてぇ一心で、流れ者たちの差配を務めておりやす」

「ふん。殊勝な物言いだと褒めてやりてぇところだが……」

権平には、含むところがあったらしい。物言いの歯切れが悪い。

三右衛門はそもそも、権平が江戸に出てきた理由を計りかねている。

権平は素知らぬ態《てい》で、開けられた窓の外などに目を向けている。

「江戸の雨はいいもんだな。シャッと降ってすぐに止む。威勢がいいぜ」

猪五郎は不穏な顔つきだ。

「いまさら江戸見物でもねぇでしょう。いってぇどういった御用件があって、江戸に出てこられたんでござんすかねぇ」

三右衛門がいきり立つ。

「やいっ猪《いの》、親分に向かってなんてぇ口の利きかただぃ」

「まぁいいぜ」

権平はなにゆえか、微笑んでいる。

「猪五郎は昔ッから気が短い。待たされるのがなにより嫌いな性分だ。ようし、教えてやろう」

杯を伏せる。三右衛門と猪五郎は居住まいを正した。

「関八州《かんはっしゅう》も長雨の不作に祟《たた》られてる。上州でも、食い詰め者の悪党どもが江戸に向かった」

かつての子分の二人を交互に凝視する。

「昔のオイラの子分たち、すなわち手前ぇらのどっちかのことだな……。悪党を匿《かくま》っていやがる、悪党どもを従えて悪事を企んでるってな、そういう噂が聞こえてきたのよ」

噂といっても、それは裏社会の情報網だ。犯罪の世界に身を置く者たちによる犯罪情報である。正確無比だ。

猪五郎は（心外だ）という顔をした。

「親分は、あっしたちをお疑いなんで？」

「心得違いをするな。疑ってるのは世間様だぞ。疑われてるのはお前たちだ、元の親分として悔しくてならねぇ。濡れ衣ならオイラが晴らす。子分をかばうのは親分の役目だ。そう意気込んでな、江戸に出てきたのよ」

「ありがてぇお志しでござんす」

三右衛門は頭を下げた。

猪五郎もその後に続く。

「あっしもだ。あっしは本当の父親を知らねぇ。親分こそが、おとっつぁんだとガキの頃から思っておりやす」

感極まった様子で目元に手拭いを当てる。しかし三右衛門には猪五郎の涙は見えていない。嘘泣きだ。

白々しい空気だ。権平は再び杯に手を伸ばした。

「しばらく江戸に留まるからな。お前ぇたちは、手下に悪党が混じっていないか、目を光らせておけ」

二人は同時に「へい」と答えた。

酒盛りは長くは続かなかった。権平が「眠くなった」と言ったからだ。三右衛門と猪五郎は料理茶屋を後にした。

二階座敷を見上げて猪五郎が言う。

「親分も歳をとったぜ。昔は一晩中博打を打っても、眠そうな気配なんざ微塵も見せなかったのによぅ」

三右衛門は昔話に付き合うつもりはなかった。

「おい猪五郎」

と、斬りつけるように言った。

「なんだい兄弟」

「よせ。手前ぇと兄弟分の杯を交わした憶えはねぇ」

「権平親分があれほどオイラたちを心配してくださってるってのに、手前ぇはまだ片意地を張ろうってのかい。親分のお志しをなんだと思っていやがる」

「手前ぇには何度も裏切られ、煮え湯を飲まされた。ブッ殺してやろうと思ったこともある。それでも手前ぇを手にかけなかったのは、親分のご面目を守るためだぜ」

「偉そうに抜かすんじゃねぇ。権平一家が食い詰めずにすんだのは、銭儲けが得意なオイラが一家にいたからだぜ。昔気質《むかしかたぎ》の権平親分とお前ぇの二人だけだったら、とっくに一家は潰れていたさ」

「野郎ッ、侠客の風上にも置けねぇ物言いだ！」

「風上にも置けねえのはお前ぇのほうだぜ荒海ノ。同心の手先になってるそうじゃねぇか。悪党仲間を役人に売って正義の味方気取りかよ。見下げはてたぜ」

「野郎ッ、それじゃあ手前ぇは悪党と手を結ぶってのか！」

「世の中は銭だぜ荒海ノ。不景気になれば尚更だ。渡世の仁義だなんて言っていられる世の中じゃねぇ。貧乏人が偉そうなご託を並べたところで、負け惜しみにしか聞こえねぇぞ」

猪五郎は嫌らしい笑みを浮かべながら三右衛門の顔を覗き込んだ。

「手前ぇだって旨い汁が吸いたいから同心の手先になったんだろう。違うか？」

「違う！」

「昔気質でどこまでいけるか、やってみるがいい。こっちはお前が落ちぶれる様を見物させてもらうぜ。高みの見物だ」

猪五郎は三右衛門に背を向けると、闇の中へと消えていった。

＊

翌日も荒海一家には仕事を求める大勢の男女が押し寄せていた。

昇太郎が接客に追われている。

「ようこそ、いらっしゃいませ。粗茶でございます」

客の前に茶碗を置く。

「おい小僧さん、莨盆を頼むぜ」

「へぇい。ただいま」

昇太郎は独楽鼠《こまねずみ》のように働いた。

その様子を兄貴分たちが呆れ顔で見ている。

「なんでぇあの物腰は。表向きには口入れ屋とはいえ、ここはヤクザの一家なんだぜ?」

「良く働いては、いるんだがなぁ……」

「あの野郎が来てからというもの、堅気のお店《たな》みてぇになっちまった。なんだかこっちの肩身が狭いぜ」

店の雰囲気が良くなると、ヤクザ者たちは居心地が悪い。

夕刻になった。卯之吉が若旦那姿で歩いている。芝居を見物した帰り道だ。と、掘割でしょんぼりとしゃがみ込む若者の姿を見つけて、足を止めた。

「あのお人、どうしたんだろうねぇ」

銀八は「ああ、あのお人は」と声を上げる。

「荒海一家の新入りさんでげすよ。昨日、お使いで行ったときに紹介されたでげす」

「酷い落ち込みようだよ」

卯之吉はスルスルと歩み寄って昇太郎の背後から声をかけた。

「どうしたんだえ」

昇太郎は驚いて立ち上がった。

「若旦那さんは？　あっ、銀八兄さん」

銀八がたずねる。

「どうしたんでげすか。兄貴分たちにいびられてるんでげすかね」

「いいえ。よくしていただいております。落ち込んでいたのは、手跡《しゅせき》指南の入門を断られたからでございます」

手跡指南とは、上方でいう寺子屋のことだ。

「三右衛門親分から、いまどき算術ぐらいできなければどうにも使い物にならねぇと言われまして」

手跡指南（寺子屋）では、幼子の読み書きから始まって、高度な算学や商学まで、門人の水準に合わせて教授してくれる。昇太郎は年齢からして読み書き算盤は身につけているだろう。ある程度の高度な学問を教えてくれる師匠を探しているのに違いない。

「午前《ひるまえ》は店の手伝いをして、午過ぎには手跡指南に通うように言いつけられているのですが、どこの町の師匠にも断られてしまって……」

手跡指南は町ごとにあるが、運営資金は町人たちが合力《ごうりき》で出している。生活も町で面倒を見ている。であるから、よその町の子供を受け入れることはしない。通行手形を持たない流れ者なら尚更だった。

「ふぅん。それは辛いねぇ」

卯之吉は向学心だけはある。勉強ができない辛さはよくわかった。

銀八も同情した。

「生国《しょうごく》や在所にかかわらず、指南してくれるお師匠がいればいいんでげすがね」

すると卯之吉が「あっ」と叫んだ。

「いるじゃないか。そういう奇特な先生が」

＊

今日も濱島与右衛門の私塾には大勢の門人が集まっていた。学問所では濱島の高弟が初学者を相手に講義をしている。入門したばかりの者たちには、濱島がわざわざ講義をするまでもない。

学問所から聞こえる講義の声を耳にしながら、濱島は熱心に図面に取り組んでいた。大川沿いの地図が床に広げられている。濱島は細かく何本もの線を引き、線で囲まれた場所に筆で朱色を塗りつけた。

門人の一人がやってきて、座敷の外の廊下で正座した。

「三国屋の若旦那さんがお越しです。いかがいたしましょう」

「お通ししなさい」

図面に色を塗りながら、目も図面に向けたまま、濱島は答えた。

卯之吉がしずしずとやってきて濱島の部屋に入った。ちょこんと座る。

「またお邪魔しに来ましたよ」

濱島は筆を置いて、卯之吉に向き直った。

「火除け地の件では、お上への口利き、まことにありがとうございました」

卯之吉はほんのりと笑う。

「礼を言うべきはお上のほうでしょうよ。先生のお陰で火事を防ぐことができるうえに、仕事のなかったお人たちには仕事ができた。良いことずくめです」

濱島も、滅多にないことに微笑を浮かべた。そして言った。

「あとは、お上がもう少し、御金子を授けてくれればよいのですが」

「近頃は、お上も勝手不如意《ふにょい》ですからねぇ。お侍様はみんな貧乏だ。金を持っているのはあたしたち商人ばかりですよ」

ことあろうに徳川幕府が火除け地造成の予算を三国屋から借りているほどだ。

卯之吉は濱島の膝元にある図面が気になっている。

「それはなんですかね」

濱島は隠すことなく教える。

「新しく作る町の試案です。わたしの考えを図にしてみました」

「ほう」

「ただいまの江戸には窮乏した人々が押し寄せて来ています。しかし彼らの住む場所はなく、仮小屋暮らしや野宿を強いられている有り様」

「難儀なことでしょうねぇ」

「それとは別にもうひとつ、江戸には災難がふりかかっている。水害です」

「長雨続きですからねぇ」

「洪水の原因は雨ばかりではありません。掘割や川の底に溜まった土砂にもある。上流から流れに乗って川砂が運ばれてくる。そして川底に溜まる」

濱島の弁舌に熱がこもる。

「川底は毎年浅くなり、川面は上昇し続けるのです。御公儀は川の両脇に堤を築きますが、やがて川面は堤を乗り越え、容赦なく溢れ出し、江戸を襲うでしょう。洪水を防ぐには、川底を掘り下げるより他に方策がないのです」

濱島は図面を指し示す。

「幸い――と言うと語弊がありますが、ただいまの江戸には、仕事のない者たちが大勢集まっています。その者たちを雇い、大勢の力で川底の土砂をかき上げる。その土砂は、この地の一帯に捨てる。今は湿地になっているこの場所です」

濱島は手にした扇子の先で、自分の膝元を示した。

卯之吉は話を飲みこんだ。

「川底の土を運んで、盛って、低地の地面を嵩上《かさあ》げするんですね」

「さすればこの地も立派な町となりましょう」

「一挙両得ですね」

濱島は大きく息をついて、力みかえっていた肩の力を抜いた。

「さように上手く事が運べば良いのですが。難題も多い。まずもってわたしには金がない。人を雇うことができない。それに……この大工事を窮民に押しつけて良いのか、とも思うのです。川底を浚《さら》うのは危険な仕事です。命を危険に晒すことになる。死人も出るに違いない」

憂悶《ゆうもん》の様子を見せた濱島だったが、「しかし！」と力強く顔を上げた。

「わたしは、それでも、この一挙を進める覚悟です」

卯之吉は「ふむふむ」と頷いた。

「私塾の周りに仮小屋を建てて暮らしているのは、先生が川底浚いのために集めたお人たちだったのですか」

「命を惜しまぬ荒くれ者たちです。だからこそ頼りになるのですが……わたしが人手を集めているせいで、お上も気を揉んでいるようですね」

卯之吉はお金を差し出した。

「なんでしょう？」

「あたしからの合力金ですよ。川底の泥浚いが上手くいって、荷舟の通行が良くなれば、あたしたち商人も大いに助かりますのでねぇ」

「お志し、ありがたくお預かりいたす。さっそくにもこの金で泥浚いをさせましょう。上々の結果が出れば、お上もきっと納得してくださる。わたしたちの義挙をご理解くださり、御用金をお下げ渡しくださるでしょう」

「上首尾をお祈りしておりますよ」

「ところで、本日のご用向きは？」

そう訊ねてから濱島は照れくさそうな顔をした。

「わたしは自分の思いを語りはじめると我を忘れる性分で……。いまごろご来訪のご趣旨を訊ねるとは、恥ずかしいことです」

「あたしも人のことは言えませんよ。遊興を始めるというとねぇ、朝まで時を忘れます」

卯之吉は縁側に顔を向けた。銀八の横で昇太郎が畏《かしこ》まっている。

卯之吉は昇太郎を紹介した。算学や商学の指南を受けたいのだが、どこにも入門できないことを伝えた。すると濱島は大きく頷いた。

「心得ました。わたしの私塾で教授いたしましょう」

「さっそくの色好《いろよ》いご返答。嬉しいですねぇ」

「貧しい者や不遇な者がその境遇を脱するには、学問を身につけるしかありません。俠客一家の若い者であろうとも――否、だからこそ、学問を身につけさせるべきだとわたしは考えます」

「あなた様なら、きっとそう言ってくださると思ってました。頼みましたよ。これはわたしからの束脩《そくしゅう》です」

束脩とは入学金のことだ。元は中国語で、〝干し肉の束〟を納めるらしいのだが、日本には肉食の風習がないので金銭を納める。

「こんな大金を。あなたもずいぶんな篤志家だ」

「いやあ、荒海一家にはお世話になっていますからねぇ……。それじゃあよろしくお願いしましたよ」

「心得ました」

卯之吉は昇太郎に顔を向ける。

「お前さんもしっかりとお励みよ」

「三国屋の若旦那様。ありがとうございました。ご恩は一生忘れません」

「そ、そんなもん、今すぐに忘れておくれな」

卯之吉は急に動揺した様子で立ち上がった。

急いで私塾を出る。そそくさと足を急がせた。銀八が追いかけてくる。

「逃げるように出て行かなくたっていいじゃねぇでげすか。悪い事をしたわけじゃあねぇんでげすから」

「あたしが稼いだ小判じゃないのに、あたしが礼を言われたら、まるで詐欺じゃないか。悪い事をした気持ちにもなるよ」

卯之吉は金を使ったことで礼を言われるのが嫌いだ。

「ああ、嫌な心地だ。耐えられない。吉原で憂さ晴らしをしようじゃないか」

「とんでもねぇ理屈でげす」

卯之吉が小判をぱーっと撒くのも、悪趣味でやっているのではなく、大嫌いな小判をさっさと捨ててしまいたい、という一念でもあるらしい。銀八はうすうすと察している。

四

江戸の夜道を黒装束の男たちが駆けていく。

先頭を走るのは猪五郎だ。横道や細い路地から次々と黒装束が走り出てきて後に続く。二十人ばかりの集団となって、一軒の商家の前で止まった。

猪五郎がクイッと顎を向ける。

「行けッ」

盗っ人たちが一斉に匕首を抜いた。そして商家に突入して行く。

店の中で手代や使用人が寝ている。悪党たちは布団の上に馬乗りになり、無造作に匕首を突き刺した。口を手で押さえ、悲鳴をあげることすら許さない。

悪党たちは縁側を走り、奥座敷に踏み込んだ。店の主人は老人で、老人は眠りが浅い。物音に気づいて目を開けた。

「な、なんだね、お前さんたちは！」

だが、すぐに口を押さえられて匕首の餌食《えじき》となった。別の曲者は奥の戸棚の引き出しを探った。

「あったぜ。蔵の鍵だ」

押し込んでから一分《いちぶ》（西洋時計の三分間）の時間も過ぎていない。じつに手慣れた犯行だ。

蔵の扉が開けられて、千両箱や金目の品々が運び出される。

猪五郎はおおいに満足した。

「よし。ずらかるぞ」

その時であった。悪党の中の一人が、何に気づいたのか、離れ座敷を睨みつけた。

土足のまま座敷に上がる。押し入れを手荒に開けた。

押し入れの中には一人の女房と、小さな娘が隠れていた。女房は娘をきつく抱きしめて震えている。

男は匕首を構える。女房は顔を引き攣《つ》らせた。

「娘だけは助けて！」

男は無造作に匕首を突き刺した。一度目は女房を、二度目は娘を貫いた。

猪五郎が笑っている。

「やい赤犬《あかいぬ》ノ。酷《ひで》ぇことをしやがるなぁ」

男は血に濡れた匕首を引き抜く。その太い腕には赤犬の彫り物（入れ墨）がしてあった。

「顔を見られちまったんだから仕方がねぇや。お白州の場で『あの男たちに間違いございません』なんて指されちまったら、こっちの命がねぇ」

赤犬は匕首を鞘《さや》に納めた。そして言った。

「まったく、油断も隙もあったもんじゃねぇ」

＊

押し込み強盗による凶行は南町奉行所に届けられた。やがて続々と詳報が集まってきた。

同心たちは、近在の者や番所などから聞きこんだ情報を照らし合わせている。捜査会議だ。額を集めて、腕を組んだり首をひねったりしていた。

卯之吉だけは一人、蚊帳《かや》の外でのんびりとお茶を喫している。

筆頭同心の村田が檄《げき》を飛ばす。

「どうにも手がかりが乏しい。決め手に欠けるぜ。こうなったら足で稼ぐしかねえ！　聞き込みだ！」

同心たちが「はいっ」と答える。村田は指図を飛ばし続ける。

「配下の目明かしや、手懐《てなず》けている小悪党からも話を聞き出してこいッ。蛇の道は蛇だ。悪党どもの素性を知ってる野郎がきっといる！」

村田は顔をブンッと振って、卯之吉に鋭い目を向けた。

「手前ぇは荒海一家に行けッ！　悪党の噂を聞き込んで来いッ」

「ふあ〜い」

返事なのか欠伸《あくび》なのかよくわからぬ声をあげて卯之吉は立ち上がった。


銀八をお供にして町中を歩く。目指す先は荒海一家だ。

「若旦那が、村田さんに言いつけられてすぐに腰を上げるなんて。珍しいことがあるもんでげす」

同心仕事は先送りにして遊びに行ってしまう男なのだが。

「あたしもさ、荒海の親分に伝えなくちゃならないことがあったのさ」

「どんなことでげすか」

「昇太郎さんを濱島先生の塾生にしただろう？　親分に断りもなく勝手なことをしたさ。ともあれ一言、入れておかないとねぇ」

「ははぁ」

「同心の仕事はそのついでだよ」

同心の務めをついでにするな、という話だ。銀八は呆れた。

「腰の刀は重くて仕方がないからね。町人の格好に着替えて行こう」

卯之吉は、借りている仕舞屋《しもたや》に向かった。


卯之吉と銀八は荒海一家の口入れ屋の前に到着した。

銀八は「おや？」と声を漏らした。

「あれは、水谷先生ですよ」

口入れ屋の前に戸板が立てかけられて、紙が何枚も張られている。張り紙には求人の内容や条件が書かれてあるのだ。水谷弥五郎は一枚一枚、熱心に読んでは、苦り切った顔つきで首を横に振っていた。

「水谷先生。お久しぶりですねぇ。お仕事をお探しですかえ」

「おお、八巻殿か。昨今ますます窮しておってなぁ。日銭でも稼がねばやってゆけぬ。大きな声では言えぬが、そこもとの役宅にはおカネ殿がいるゆえ、恐ろしくて近づけぬし……」

「ははは。困ったことですねぇ」

卯之吉は泣く子も黙る俠客一家の暖簾をくぐった。子分衆に向かってのんびりと挨拶をした。

「やあやあ皆さん、よいお日和だねぇ。親分さんはおいでなさるかえ」

「迷惑だなんてとんでもねぇ。ウチの若い者《もん》に良くしてくださってありがてぇ。お礼の申しあげようもねぇほどだ」

「それならばよかったよ」

三右衛門の座敷で対面する。

「昇太郎は使いに出してるところなんで。お役宅にも挨拶に行かせまさぁ」

「いやいや、それには及ばないよ」

卯之吉は散財したことについて感謝されるのが嫌いだ。

「暇と金を持て余してる放蕩者が、物好きでやったことだからねぇ……」

「なるほど、昇太郎にはそう思い込ませておけってぇお言いつけですな。するってぇとこれも捕り物なんで？　濱島ってぇ学者が怪しいと睨んでいなさるんですかね」

「ははは。そんな話じゃあないよ。ところでこちらの水谷先生だけど、なんぞ仕事の口はないものかねぇ」

水谷が畳に手をついて「頼む！」と言った。真剣な表情だ。

三右衛門は困っている。

「今のお江戸は、上から下まで不景気なもんでねぇ……」

思案の様子で首を傾げているが、「こういう仕事がある」という言葉は、結局出てこなかった。


卯之吉は南町奉行所に戻ることにした。水谷弥五郎もトボトボとついてきた。

「あれ？　銀八がいないねぇ」

などと言っていると、銀八が大慌てで荒海一家から出てきた。

「どうしたんだえ？　忘れ物かえ」

「忘れ物をしているのは若旦那のほうでげすよ。村田様の言いつけを伝えるのを忘れてるでげす」

「ああ、そうだったね。それもあって来たんだった」

「あっしがちゃんと伝えておいたでげす」

銀八の気苦労は絶えない。

などと脱力しきった遣り取《やと》りをしながら三人で歩いていた時であった。近くの空き地から「えいっ、とおっ」と、気合の声が聞こえてきた。見れば、少年が棒切れを振り回している。

「おや。昇太郎さんじゃないか。何をしているのだろう」

「剣術の稽古でげすね。どうです、水谷先生、昇太郎の剣の筋は」

「まるでなっていないな。あんな足腰で人が斬れるものか」

三人は広場に踏み込んだ。昇太郎が気づいた。

「あっ、三国屋の若旦那さん。銀八兄さんと水谷先生」

銀八が言う。

「一家の兄貴分たちが探してたでげすよ。こんなところで棒なんか振っていちゃいけねぇでげす。人生まで棒に振っちまうでげすよ」

笑いを取るつもりだったのかもしれないが、誰も笑わなかった。

水谷弥五郎が言いきかせる。

「剣術の稽古は子供の身体でやるべきではない。身体が大人にできあがってからでも十分なのだ。今のそなたは荒海一家の仕事を憶えることが大事であろう」

「さぁ、一家に帰るでげすよ」

しかし。昇太郎は棒を握ったまま放さない。唇を嚙みしめて俯いている。

「意外に強情でげす」

卯之吉は微笑を昇太郎に向けた。

「なにか、わけでもおありなのかい」

昇太郎は頷いた。

「オイラは、一日も早く、剣術を身につけたいのです」

「どうしてかね」

「いつ、どこで、おとっつぁんの仇に出合うかわかりません。出合った時に、取り逃がしたくないのです！」

そしていきなり、大粒の涙を流し始めた。

卯之吉たちは顔を見合わせた。

「なにか深いわけがおありのようだねぇ。話してくれるかい。手助けのできることがあるかもしれない」

あの日の夜を思い出すたびに、昇太郎の身体は恐怖と怒りで震えた。

「オイラが生まれ育ったのは信州《しんしゅう》の中山道の小諸宿。父と母は旅籠《はたご》を営んでおりました」

夜。昇太郎の父親は宿場役人のもとに出向いた。

宿場役人は武士ではない。小諸では宿場近くの豪農が就任していたという。

父の帰りが遅かったので心配になった昇太郎が迎えに行ったのだ。

豪農屋敷の表戸は、なぜか開いていた。昇太郎は「ごめんください」と訪いを入れた。

敷居を越えて建物に入る。するといきなり異様な臭いが鼻を突いた。それは血の臭いであったのだが、昇太郎にはわからない。誰の返事も返ってこないのでさらに奥へと踏み込んだ。

ゴトッと何かの音がした。かすれた声で名前を呼ばれた。昇太郎は手にした提灯《ちょうちん》を向けた。

名前を呼んだのは父親だった。すでに瀕死の状態だった。横には宿場役人の骸も転がっていた。

そして赤犬の彫り物のある男が飛び出してきた。昇太郎の目の前で父親にとどめを刺す。昇太郎は絶叫した。

昇太郎は逃げた。悲鳴が宿場中に響きわたる。宿場の者たちが集まってきて、宿場役人の旅籠で起こった惨劇に気づいた。

昇太郎が語りだした話の凄まじさに、大人の三人が衝撃を受けている。

卯之吉は質した。

「お役人は、来てくれたのかね」

五街道は江戸の幕府が直接管理している。江戸から遥々《はるばる》と役人が旅してきて、詮議にとりかかった――と昇太郎は答えた。

役人の下した断《だん》は異常であった。昇太郎の父親が宿場役人の家に押し入って、口論の末に宿場役人を殺し、そのうえで自害した、というのだ。

証拠は殺害に使われた脇差である。それは父親の持ち物であった。

「オイラのおっとうは、宿場役人様と日頃から仲が悪かったのです。宿場の皆の見ている前で、殴り合いになったこともございました……」

まずいことに父親は酒乱の乱暴者で知られており、あいつなら人を殺しても不思議ではない、などと考えられていた人物であった。

「オイラは江戸のお役人様に訴えました。おっとうはご先祖様が地侍《じざむらい》だったことを誇りにしていたのです。宿場役人様と対面するときは、いつでも脇差を差して行ったのです」

そう訴えたが、江戸の役人が耳を貸すことはなかった。

昇太郎は必死に、赤犬の彫り物がある男について訴えたが、これまた取り上げられることはなかった。曲者《くせもの》の姿を見た者は昇太郎の他に誰もいなかったからだ。父親を庇《かば》うための嘘だと決めつけられた。

水谷弥五郎が「ううむ」と唸った。

「江戸から来た役人は、早く江戸に帰りたかったのであろう。一件を速《すみ》やかに落着《らくちゃく》させて、それを手柄として上司に報告したかったのに違いないぞ。赤犬の凶賊の仕業であると認めてしまうと、近在すべての宿場、農村、山中で凶賊探しをしなければならなくなる。凶賊を捕縛するまで、江戸には帰れない」

銀八も頷いた。

「宿場の者たちにとっても大迷惑でげしょう。役人が長逗留《ながとうりゅう》するための銭を出さねばならないでげすし、山狩りなんか、やりたくもなかったでげしょうね」

昇太郎の父親は宿場中の嫌われ者だったのだ。殺されたにせよ自害したにせよ、死んでくれて清々《せいせい》した、と皆から思われていた。あいつの無念を晴らすために凶賊を捕まえよう、などという声は一切あがらなかったのだ。

殺人者の家族は連座で死刑や遠島になる。しかし昇太郎と母親は連座を免れた。

水谷が言う。

「江戸の役人も、もしかすると赤犬の男は本当にいたのかもしれないと考えたのであろうな。冤罪《えんざい》で家族まで処刑したのでは寝覚めが悪い」

書類を適当に操作して、昇太郎と母親は人別帳（戸籍）から抹消されたうえで追放刑となった。

父親が経営していた旅籠は没収されたという。

帳外者《ちょうがいもの》（戸籍を外された者）が頼りにできるのは俠客の親分しかいない。小諸を縄張りとする親分、小諸ノ勘次は母子を匿ってくれたが、信州も飢饉で困窮している。江戸になら仕事があるかもしれない、と言って荒海ノ三右衛門に紹介状を書き、江戸に送り出したのだった。

「あいわかった！」

水谷弥五郎が胸を張った。

「わしも武士だ！　そなたの窮状、聞き捨てにはできぬ！　わしが剣術を授けてやろうぞ」

「先生！」

昇太郎が泣き濡れた目をあげた。

卯之吉も大きく頷く。

「あたしからもお願いしますよ。稽古代はあたしが出しましょう」

「銭の問題ではない！……と言いたいところなれど……正直、銭は有り難い。ぜひとも頂戴したい」

水谷は急にさもしい顔つきに戻った。

＊

翌日の昼前。卯之吉はいつものようにフラフラと江戸の町中をそぞろ歩いていた。若旦那姿だ。

「おっといけない。銀八、お隠れよ」

銀八の背中を押して細い路地に隠れる。通りを村田銕三郎が町奉行所の小者《こもの》を連れて走りすぎていった。

「ああ危ない。村田さんに見つかったら、とんだお小言をくらうところだよ」

お小言で済めばまだしもの話で、三国屋の放蕩息子と同心八巻が同一人物だと露顕《ろけん》したなら大変な騒ぎになる。

卯之吉は路地の角からヒョコッと顔を出す。村田たちが遠ざかったのを確認してから表通りに戻った。

「だけど困ったねぇ。一緒に遊んでくれるお人がいない」

「皆さん、お忙しいでげすからね」

大名家の三男坊の源之丞《げんのじょう》は、国許《くにもと》がひどい飢饉で遊ぶ金もない。

「それなら仕方がない、沢田様でも誘おうか、と思ったら、沢田様までお忙しいっていうんだからねぇ……」

「そりゃあ……沢田様は今、江戸で一番お忙しい身でげしょう」

火事の始末に加えて、謎の悪党集団の跳梁跋扈《ちょうりょうばっこ》が重なっている。

「ひとりで遊びに行ってもつまらないよねぇ。ああ、どうしたものか」

それなら同心の務めを果たすべきだ、と銀八は思ったのだけれども、しかしである。

卯之吉が同心仕事をしても、他の同心の邪魔にしかならない。遊んでいてくれたほうが助かる。〝猫の手でも借りたい〟とはよく言うが、実際に猫なんかが仕事に手を出してきたら目茶苦茶にされた挙げ句、かえって仕事が増えてしまうだろう。

卯之吉はフラフラと道を歩く。そして「おや？」と声をあげた。

「あの時の親仁《おやじ》さんじゃないかえ」

茶店に一人の老翁《ろうおう》が座っていた。あの銀煙管の持ち主だ。荒海ノ三右衛門の親分である権平なのだが、もちろん卯之吉はそんなことは知らない。

「なんだか具合が悪そうだねぇ。どうしたんだろう」

卯之吉は老翁に歩み寄っていった。


猪五郎は物陰から通りの様子を窺っている。

悪党に特有の凶悪な面相。殺気走った眼光だ。睨みつける先には権平の姿があった。

「権平の野郎、コソコソと嗅ぎ回りやがって……」

親分とは呼ばず、呼び捨てにする。

権平は毎日江戸を歩き回って悪党たちを炙《あぶ》り出そうとしている。権平は裏社会で何十年も生きてきた。当然に悪党たちの顔をたくさん見知っていた。猪五郎の手下の凶賊たちを見つけ出すのも時間の問題なのだ。

猪五郎は焦りを隠せない。捕り物探索の輪を狭《せば》めてくるのがかつての自分の親分なのだ。苦々しい話ではないか。

盗っ人稼業に手を出した自分が悪いのだが、悪党というものは自省や反省とは無縁である。ただただ権平を疎《うと》ましく、憎たらしく感じていた。

権平は茶店の腰掛けに座っている。寄る年波には勝てず、足腰が痛くなったらしい。

「どうなすったえ。お加減でも悪いのかえ」

卯之吉は権平に声を掛けた。

権平は顔を上げた。一瞬、誰だかわからずに訝《いぶか》しげな表情を浮かべたが、すぐに思い出したらしい。

「ああ、あの時の若旦那さんか」

「なんだか具合が悪いご様子ですねぇ。見るに見かねてお節介にも声を掛けさせてもらったよ」

権平は礼節を弁《わきま》えた男だ。自分だけ腰掛けたまま会話などしない。立ち上がったのだが、足腰に傷みが走ったらしい。顔を顰《しか》めた。

「なんとも情けねぇ」

足腰を手で摩《さす》る。

「毎日歩き回ってるもんでねぇ。ちっとばかし疲れがたまったらしいや」

「どうしてそんなに歩き回ることがあるのかね」

「悪党退治さ。若旦那も知ってるだろう。大店に押し込んで、金を取るだけじゃ飽き足らず、店の者《もん》を皆殺しにしちまうって凶賊をさ。あっしはああいう手合いが許せねぇんで」

「ご立派なお志しだけど、身体に無理をさせてはいけないよ」

「なぁに、薬がありまさぁ。コイツを飲めば痛いのなんざ、ピタリと治まる」

「どんな薬だえ？」

権平は懐から薬の紙袋を出した。卯之吉は一目でそれが何かを見抜いて首を横に振った。

「大麻《たいま》かぇ」

大麻はこの時代、痛み止めとして普通に処方されていた。しかし、一部の先進的な医師たちは大麻の毒性に気づいている。

「いけないねぇ。その薬は、確かに痛みは治まるけれど、少しずつ身体を蝕《むしば》んでいくんだよ。終《しま》いには廃人になるんだ」

「そうですかえ。でもまぁ、どうせ老い先短い命だ。あっしにゃあ、命を削ってでもやらなきゃならねぇ仕事があるんでね」

「それなら、揉み療治《りょうじ》はどうだろう」

「揉み療治？」

「あたしにも心得はあるよ」

「若旦那さんは按摩《あんま》なんですかい？」

「蘭方医だよ」

いや、町奉行所の同心だろう、と銀八は横で聞いていて思ったのだけれど、口出ししても仕方がない。

「どこか料理茶屋の座敷に上がろう。揉んであげるよ。ちょうどあたしも登楼《とうろう》したかったところさ。宴の余興に揉み療治ってのも面白い」

なにが面白いのか余人《よじん》にはさっぱりわからない。それが卯之吉流の〝遊び〟なのだ。

猪五郎は仰天して目を剝いた。

「あれは……南町の八巻！」

権平に歩み寄っていった男がいる。権平となにやら語り合っていた。いったい何者だろう、と目を凝らした猪五郎は、その男の正体に気づいて仰天した。

「間違いねぇ。若旦那なんぞに変装していやがるが、あれは南町の八巻だ……」

総身《そうみ》に震えが走る。怖いもの知らずの自分が恐怖で震えている。

八巻は江戸一番の切れ者同心。しかも江戸で五本の指に数えられる剣豪だ。江戸には日本中から武士が集まっている。大名屋敷には剣術指南役がいる。諸国自慢の武芸者が顔を揃えている中で上位五人に入るのだ。悪党風情《ふぜい》からすれば、戦慄《せんりつ》せずにいられないほどの強敵だった。

「権平の野郎、八巻の指図を受けていやがったのか……」

二人は連れ立って歩いていって、近くの料理茶屋に入った。いったいどんな密談が交わされるのか。権平は、江戸一番の切れ者同心に、なにを報告するのか。

「油断がならねぇ……」

権平を始末するなら早いほうが良い。猪五郎はそう決意した。

＊

それから二刻《ふたとき》（約四時間）が過ぎた。そろそろ夕方である。

濱島の私塾近くの泥道を猪五郎が走ってきた。

荒野の中に無数の仮小屋がある。仕事に出なかった者たちが焚き火を囲み、するめや干物の魚を炙っては、それを肴《さかな》に安酒を呷《あお》っていた。

江戸に流れ込んできた者たちの全員が飢饉の避難民、というわけではなかった。悪人も紛れ込んでいたのだ。

悪相の者たちは仕事にもでかけずに、一日中、無為《むい》の時を過ごしている。夜になったらイカサマ博打を開帳して、銭を稼いできた者たちから、その銭を巻き上げてくれようという魂胆だ。

悪相の者たちが猪五郎に気づいて立ち上がった。腰を低くして歩み寄る。その数は十人ばかり。

猪五郎は、悪人たちの顔をじっと見つめてから、告げた。

「老い耄《ぼ》れの権平が、俺たちを嗅ぎ回っていやがる」

悪相の一人、青黒い顔色の男が問い返す。

「悪事を気取《けど》られたんですかぇ」

「そうらしいや」

続けて「権平め」と吐き捨てた。

「さすがは俺の親分だ、と、おべっかのひとつも入れてぇところだが、そうもゆかねぇ。あのくたばりぞこないめ、目障りでならねぇや」

「じゃあ、いっそのこと、ひと思いに……」

「そう思ったからこそ手前ぇたちを集めたんだぜ。やれるか？」

「いつでも。腕が鳴りやすぜ」

青黒い顔の男が即答し、他の者たちも頷いて同意した。

悪党たちは猪五郎を先頭にして夕暮れの道を歩き出した。


学問所で昇太郎が濱島に向かって低頭した。

「ありがとうございました！」

濱島はゆったりと頷き返した。

「お前は物覚えが良い。たゆまず励みなさい」

「はい！」

昇太郎は私塾の外に出る。良い先生を紹介してもらえてとても嬉しい。全身で喜びをあらわしていた。

母の待つ流れ宿に帰ろうと足を急がせていたその時だった。夕暮れの道を急ぐ強面の男たちを目にして足を止めた。

見るからに剣呑な男たちである。関わらないほうが良い。昇太郎は道を譲って脇に避けた。

先頭を行くのは巨体の男。青黒い顔の男が後に続く。

さらには凄まじい凶相の男が続いた。眉の横にちょっと目立つ傷跡がある。刃物で斬られたのだろう。袖から覗けた太い腕には汚い晒《さらし》を巻いていた。

労働者なら怪我の防止のために腕や脛《すね》に布を巻く。しかしその男は片方の腕にしか晒を巻いていなかった。ちぐはぐで、だからなんとなく目についた。

怪しい男たちは夕闇迫る江戸の町中に消えた。昇太郎もそれきり放念して家路を急いだ。

＊

造成中の火除け地は無人の広場である。夜になれば人気《ひとけ》は絶える。家が建っていないのだから常夜灯も軒行灯《のきあんどん》もない。火の用心の夜回りもやってこなかった。ただ闇が広がるばかりの広場に、いわくのありそうな男たちが集まっている。

権平が怒鳴りつけた。

「やいっ猪五郎！　手前ぇ、やっぱり悪事を企んでいやがったんだなッ」

大親分に決めつけられても、猪五郎は白々しく小首など傾げて見せるばかりだ。

「なんの話か、さっぱり飲みこめやせんぜ」

権平はますます激怒した。

「しらばっくれるな！　俺の目を誤魔化すことができると思っているのか。お上の普請のために人手を集めている──なんてぇのはただの口実、手前ぇの手下は悪党揃いだッ」

猪五郎の背後の男たちを睨みつける。手にした提灯を突きつけた。

「そこの青黒い顔は上州無宿の仙次《せんじ》。そっちのは信州の盗っ人、赤犬ノ六兵衛《ろくべえ》だ。やい猪五郎！　札付きの凶賊ばっかり従えやがって、どういう魂胆だ。江戸の市中を騒がせている凶賊は、手前ぇの一味か！」

猪五郎は開き直って笑顔を見せた。

「そうだと言ったら、どうするってンだよ、え、権平さんよ」

「手前ぇをかわいい子分だと思うからこそ、奉行所に売るのだけは勘弁してやる。手下を引き連れ、いますぐ江戸から出て行きやがれッ」

猪五郎は苦笑した。小馬鹿にしきった目で権平を見下ろした。

「お優しい親分だ。だがその優しさが仇《あだ》になるんだぜ。手前ぇはいつも甘いんだよ！　くたばれ権平ッ、やっちまえ！」

猪五郎に応えて赤犬ノ六兵衛が匕首を抜いた。突進して権平を突き刺した。

権平は提灯を投げ出して赤犬の腕を摑む。揉み合いになり、赤犬の腕の晒が解けた。晒で隠されていた腕には赤犬の彫り物があった。

「猪五郎ッ、手前ぇ……」

赤犬が力一杯に匕首を突きこむ。権平は口から血を吐いた。やがて力尽きて倒れた。

落ちた提灯が燃え上がる。一瞬、激しく明るくなって、権平の死に顔と、その場の男たちの全員を照らした。

猪五郎は権平の顔にペッと唾を吐きかけると、配下の者たちを引き連れて去った。

火除け地の隅には板や土俵《つちだわら》など、普請（工事）に使う物品が積まれている。その陰に隠れて身を震わせている商人がいた。

五

翌朝早く、火除け地での仕事にきた男が死体を見つけた。報せはすぐに町奉行所に届けられた。同心たちが駆けつけてきた。

村田銕三郎が無惨な死体を見下ろしている。

「権平……」

言葉もない。父親が現役だったころ、家に出入りしていた目明かしだ。子供の頃の懐かしい記憶が思い出された。

同心の玉木が骸を調べている。

「肋骨《ろっこつ》の下から突き刺して、心ノ臓めがけて突き上げています。殺しに慣れた野郎の仕業ですね」

尾上が走ってきた。

「村田さん、下手人を見た者がいました」

村田が鋭い目を向ける。尾上に連れてこられた商人が頭を下げる。

「手前は、隣町にある酒屋の手代にございます。昨夜はお得意様のお屋敷に酒を届けに行ったのですが、その帰り道、たまたまここを通り掛かりまして……」

商人はいまだに恐怖で真っ青な顔をしている。震える声で、自分が目にした光景を余さず告げた。

「腕に赤犬の入れ墨があった、だと？」

「確かに見ました。眉の横にはちょっと目立つ傷跡がございました」

村田は頷いた。つづいて尾上に目を向ける。

「詳しく聞き取って、調べ書きに書き留めておけ」

「心得ました。すまねぇがお前さん、番屋までご足労を頼むぜ」

尾上は商人を連れて去った。

村田は思案を巡らせる。

「権平は悪党どもを炙り出そうとしていた。なにか大事な手がかりを摑んだのに違《ちげ》ぇねぇんだ」

「それで口封じですか。無惨なもんだ」

玉木が顔をしかめた。

＊

凶報は荒海一家にも伝わった。

「権平親分が殺された、だとッ！」

三右衛門が周囲の物を蹴り飛ばしながら奥から出てきた。凄まじい形相だ。

報告した子分は身を小さくさせる。

「へい。南町のご詮議で。村田の旦那が直々に権平親分のご面相を検めたってんで、間違いのねぇ話でござんす」

三右衛門の全身が激しく震えだした。目は真っ赤に血走り、滂沱《ぼうだ》と涙が溢れ出る。

あまりの驚愕と悲しみに、号泣の声は出ない。三右衛門は立ったまま、ボロボロと涙を流し続けた。

子分たちはかける言葉もない。

涙も枯れはてた頃、三右衛門は激怒の言葉を吐き出した。

「畜生！　畜生！　畜生！　親分の仇は俺が取るッ。草の根わけても悪党を見つけ出してやるッ」

南町奉行所から報告に走ってきた子分は、親分が涙を流している間じゅう、ずーっと土間に控えていたが、ようやく続きを報告した。

「下手人は、左の腕に赤犬の絵柄を彫り込んでいるらしいですぜ」

それを聞いた昇太郎がギョッとなった。一人、不自然に身をこわばらせた。

だが、他の子分たちは全員、三右衛門に目を向けているので、昇太郎の異様な反応には気づかない。

子分は報告を続ける。

「そいつの左眉の横には、刀の傷跡もあるらしいんで」

昇太郎の脳裏に、昨日の夕刻に目撃した光景が鮮烈に蘇った。

左眉の横に傷のある男がいた。

その男は、左腕にだけ、晒を巻いていた。

もしかするとその晒は、赤犬の彫り物を隠すためではなかったのか。

凶賊の人相書き（指名手配状）には、身体の目立つ特徴が記載されている。目立つ特徴を人目に晒していれば、たちまち役人に捕まってしまう。凶賊は特徴を隠そうとして、いろいろ工夫をするものだ。

三右衛門は子分たちに檄を飛ばしている。

「権平親分が探りを入れていたのは流れ者のたまり場だ！　今、江戸のあちこちで大勢の流れ者たちが仮小屋を立てて暮らしていやがる。悪党はどこかに潜んでいるのに違いねぇんだ！　親分の仇をみつけ出せ！」

「へいっ」と応えた子分衆が一斉に店から飛びだしていく。

子分の一人が昇太郎に罵声を浴びせた。

「やい新入りッ、なにをボケッとしていやがる！　お前も来い！」

すると代貸の寅三が制した。

「いや、昇太郎はゆかずともいい。手前ぇはまだ見習いだ。ヤクザ者になりきっちゃいねぇ。いつでも堅気に戻れるんだ。ヤクザ同士の殺し合いなんかに首を突っこんじまったら、いよいよ手前ぇもお終《しめ》ぇだ。店番を頼むぜ」

そう言うと弟分たちを引き連れて出て行った。

店番を言いつけられていた昇太郎だったが、じっと座ってなどいられなかった。落ち着きなく歩き回っていたが、ついに店を飛びだした。

母親と暮らす流れ宿に走る。傾いた板戸を押し開けて中に入った。

急に息子が帰って来たのと、その形相が尋常ではないので、母親が驚いた。

「どうしたんだい」

「おっかぁ」と昇太郎は叫んだ。

「おっとぅを殺した仇が見つかった！　いや、まだ見つかっちゃいないんだけど、この江戸にいるのは間違いないんだ！」

部屋の隅には桑折《こおり》（物をしまうための箱）が置いてあった。今の二人にとっては、この中に入っている物だけが財産だ。

昇太郎は蓋を開け、中をかき回して一本の脇差を取り出した。鞘を抜いて刀身を見つめる。その目つきは尋常ではない。

母親は気が気ではない。

「なにをするおつもりだい！」

「赤犬の男を見つけ出して、おっとうの仇を討つ！」

「剣呑なことはやめておくれ！」

「おっとうの無念を晴らすんだ！　このままにしておけるものか！」

昇太郎は走って出て行く。

「お待ち！」

母親はよろめきながら後を追おうとした。激しく咳き込んで戸口の柱にしがみつく。今にも倒れてしまいそうだ。

それでも息子を放っておけない。母親はヨロヨロと表道に向かった。

＊

若旦那姿の卯之吉が銀八を連れて江戸の町中をそぞろ歩いている。

銀八は案じられてならない。

「いいんですかい、若旦那。他の同心様たちが血相を変えて走り回っているっていうのに」

卯之吉はのんびりと遊び回っているようにしか見えない。

「わかってるさ。江戸に流れ込んだ大勢のお人たちの中に、凶賊の一団が潜んでいるっていうんだろう」

卯之吉は殺された権平が、あの老人だということにも気づいていないし、荒海ノ三右衛門の親代わりだということも、まだ知らない。いつものように、世間の騒動などどこ吹く風だ。

「だからねぇ、あたしもこうして足を運んでいるのさ」

「どこへでげすか」

「濱島先生のところだよ。あのお人も人を集めていなさるからね。一刻も早く報せて、悪人が交ざっていそうならお上に報せるように、って、伝えないと。巻き添えを食ってご詮議を受けたら大変だからねぇ」

一刻も早く、というわりに、その足どりは遅い。しかもすぐに横道にそれる。

「おやおや、あの演芸場に新しい演目がかかっている。面白そうだね。寄っていこうか」

「濱島先生の所に行くんでげしょう！　演芸なんか見物してたら日が暮れちまうでげす」

まったく世話の焼ける若旦那なのだ。

掘割（水路）に大勢の男たちが集まっている。腰まで水に浸《つ》かって鍬《くわ》を振るい、底に溜まった泥をかき上げていた。

かき上げた泥は別の組の者たちが畚に入れて運び去る。

濱島与右衛門は一連の作業を宰領（現場監督）していた。

「わたしの悲願の達成に一歩近づいた。ここがまさに切所《せっしょ》」

この泥浚いによって治水の成果が上がったならば、濱島の面目は一新するだろう。治水学者としての名声を得るのだ。徳川幕府は濱島の進言に耳を傾けるようになる。

「なんとしても成果を出すのです」

意気込んで門人たちに指図した。

門人が答えた。

「三国屋からの合力金のお陰ですね。皆、精を出して働いております。賃金を増やしただけで、働きぶりがこうも変わるものかと驚きました」

理想だけでは人は動かない。理想主義の学者にはいささか辛い指摘だ。

濱島は唇を噛んでいる。

「金さえあれば……。このわたしにできぬ事など、何もないのに……」

金は強欲な者の下《もと》に集まり、高潔な人物には集まらない。まったくもって不条理だ。

と、その時であった。

「ああ、ちょっと待っておくれな」

気合の抜けきった声が聞こえてきた。濱島が目を向けると、三国屋の若旦那が畚の泥に手を突っ込んで、なにやらわけのわからぬ事をしていた。

江戸一番に金を持っているはずの男だ。いったい何をしているのか。

畚運びの男たちも困っている。濱島は卯之吉に歩み寄った。

「なにをしておられるのです」

「ああ、濱島先生。これを見てごらんな」

泥の中から手をズボッと引き抜いて、指先で摘まんだ何かを突きつけてきた。

「貝ですか」

「そう。これは海の貝ですよ。驚いたねぇ。川の貝ではなくて海の貝がこんな所で採れた。海の潮水が掘割の奥にまで流れ込んできている証拠ですよ。水害も増えるんじゃないですかねぇ」

「その通りです。海に向かって流れ落ちるはずの水が流れず、逆に海の水が町の中に遡《さかのぼ》ってくるのですから。大雨と高潮が重なれば、この辺りの一面が水浸《みずびた》しとなるでしょう」

「大変なことですねぇ。ご老中様にお話ししておかないといけませんねぇ」

「ご老中様?」

普通の人間なら仰天するようなことを、卯之吉はサラリと口にした。

濱島はなんとも微妙な顔つきだ。卯之吉の恵まれた境遇が羨ましい。愚人のように見えて、たまに覗かせる才気も不思議だ。

　卯之吉はあくまでも呑気そのものだ。

「この貝ですけれど、拾い集めて料理茶屋の台所に持っていけば、結構な値で買い取ってくれますよ」

　畚運びの男が目の色を変えた。

「旦那、そりゃあほんとうですかい」

　泥をかき回し始める。

　濱島は黙って見ている。銀八は、

（銭がねぇのなら、貝を拾って小銭を稼げばいいでげす。小銭が集まって大金になり、大金が集まって大店になるんでげす）

　などと思った。しかし濱島はまったく小銭を稼ぐつもりがないようだ。

　がめつい商人の家に生まれた卯之吉は、放蕩者に見えても、捨てられる泥の中から金儲けの種を見つけることができる。しかし濱島にはそれができない。

　銀八が杓《しゃく》で清水を掬《すく》い、卯之吉は手を洗った。

　周囲では泥浚いが続けられている。濱島は卯之吉に説明する。

「あなたには蘭方医学の心得がある。それならば血管の仕組みを御存じでしょう。血管には太い血管と細い血管とがある。太い血管が詰まれば、細い血管はすべて死にます。治水はこれと同じです」

濱島は手にした杖の先で掘割を示す。

「細い掘割の水が集まる先には、必ず太い掘割がある。まずは太い掘割の詰まりを取り除かねばならない。ところが——」

眉根を苛立たしげにひそめる。

「江戸の町は、町ごとに豪商がいる。この者たちが金を使って、自分の店に通じる掘割の底だけを泥浚いさせようとする」

濱島は首を横に振る。

「そのようなやり方では掘割の詰まりは取り除かれない。そればかりか、周囲の掘割がみんな詰まっていってしまう。水の流れはいたるところで逆流し、深く底を浚った場所に流れ込んでくる。結果、泥浚いを強行させた店の前で水が溢れることになってしまう。本末転倒なのです！」

濱島の熱弁が続く。

「泥浚いひとつにしても、秩序、というものが必要なのです！　秩序だ！　今の世に欠けているのは秩序なのです！　わたしはお上に思い知らせるつもりでいる。この泥浚いは、そのための一挙です！」

「上手くゆくといいですねぇ」

濱島の自説は、徳川幕府に対する誹謗《ひぼう》にも聞こえる。卯之吉は町奉行所の役人なのだから、誹謗中傷は取り締まらねばならない立場だ。しかし卯之吉にはそんなつもりはないらしい。お供の銀八は、

（他の同心様に聞かれたら、大変なことになるでげす。下手をすると若旦那までご詮議を受けることになるでげすよ……）

と、案じられてならなかった。

掘割で働く男の中に赤犬ノ六兵衛がいた。

目立つ彫り物は腕に晒を巻いて隠している。眉の横の傷は手拭《てぬぐ》いのほっかむりで隠した。周りには大勢の男たちがいて、しかも互いに見知らぬ同士。悪党が身を隠すには、うってつけの環境であった。

そこへ青黒い顔の男がやってきた。気づいた赤犬ノ六兵衛は仕事仲間に声を掛けた。

「ちょっくら雪隠《せっちん》に行って来らぁ。足腰が冷えるってぇと小便が近くてたまらねぇ」

掘割から上がって廁《かわや》に向かう。青黒い顔の男がついてきた。

「赤犬ノ。猪五郎親分がお呼びだぜ。今夜、いつもの場所に集まれとよ」

「わかったぜ。押し込みで荒稼ぎか。腕が鳴るぜ。……それにひきかえ、こっちの仕事はウンザリだ。役人の目を逃れるためとはいえ、水に浸かって小銭を稼ぐなんてこたぁ性に合わねえ」

「気晴らしに大暴れがしてぇところだな。それじゃあな。遅れるんじゃねぇぞ」

青黒い顔の男はその場を去った。

＊

荒海一家の子分たちは江戸中を走り回っている。親分の三右衛門自身が先頭を切っていた。

悪党の手がかりは〝腕に赤犬の彫り物がある〟〝左眉の横に刀の傷跡がある〟という二点だけだ。江戸は百万の人口を数える。砂浜から一粒の砂金を見つけるような手間であったが、それでも三右衛門は諦めない。口入れ屋を回り、あるいは普請の飯場《はんば》を巡って、そういう男に覚えはないか訊いて回った。

それでも目当ての男は見つからない。刀傷のある男は何人かいたが、腕に赤犬の彫り物がなかった。人違いだ。

三右衛門は苛立ちを隠せない。町中を突っ切って走る。

路地から一人の女がフラフラと出てきた。あやうくぶつかりそうになり、三右衛門は急いで避けた。それから「なんでぇ？」と顔つきを変えた。

「昇太郎のおっかさんじゃァござんせんかぃ」

具合が悪そうだ。顔色が真っ青である。

昇太郎の母親も三右衛門に気づいた。すがりついてくる。

「お願いですッ親分さん。倅を、昇太郎を止めてください！」

「なんだって？　まずは話を聞きやしょう。落ち着いて話しておくんなせぇ」

＊

夜になった。猪五郎とその一党は、濱島の私塾の近くの野原に集まった。

猪五郎が皆を見回して言う。

「そろそろ江戸での悪事も潮時だ。権平が役人に何を訴えたかわからねぇからな。念には念を入れて草鞋《わらじ》を履いたほうが良さそうだぜ」

草鞋を履くとは、江戸から遠く離れる、という意味の慣用句だ。江戸の者は日常生活では雪駄《せった》を履いている。長旅をする時だけ草鞋を履いた。

青黒い顔の男——上州無宿の仙次は不服そうだ。

「今の江戸にゃあ大勢の無宿人や流れ者がいるんですぜ。そう易々《やすやす》と、こっちの居場所を嗅ぎつけられるとは思えねぇですぜ」

猪五郎は承知しない。

「南町には八巻っていう切れ者の同心がいやがるんだ。とにかく鼻が利きやがる。そのうえ剣の腕も立つ。用心するに越したことはねぇのよ」

別の子分は猪五郎に同意した。

「十分に荒稼ぎをしやしたぜ。京《きよう》か長崎《ながさき》の遊廓で遊んで暮らせる」

さらに別の子分が言う。

「火除け地の普請仕事はもうウンザリだ。俺は遊んで暮らしてぇや」

猪五郎も同じ気持ちだった。

「そうだろう。そうだろうよ」

青黒い顔の仙次はそれでも首を傾げる。

「だけど親分。集めた千両箱をどうやって江戸の外に運び出すんですかね。大《おお》木戸《きど》では役人が目を光らせてますぜ」

江戸の出口の千住《せんじゆ》や板橋《いたばし》、四谷《よつや》や高輪《たかなわ》には詮議の厳しい大木戸（大門）があった。大金を持ち出すことは難しい。

猪五郎には良い思案があるようだ。夜空を見上げてニヤッと笑った。

「おあつらえ向きの風が吹いてるぜ。押し込み先で付け火をするんだ」

「付け火」

「火の粉《こ》が飛んで、たちまち大火事になるだろうぜ。その火事に紛《まぎ》れて逃げるんだ。家財道具を運ぶ町人のようなツラをして逃げれば、大荷物を担いでいたって見咎《みとが》められる心配はねぇ。役人も木戸番も、火事の手当てでおおわらわだ」

子分の一人が手を叩いた。

「さすがは親分！　頭が切れやすぜ」

「ようし、支度をしろ。今夜が最後の大仕事だ」

子分たちは「へい」と答えて勇みかえった。

大八車が用意される。その荷台には盗み貯めた千両箱と、付け火のための油の壺が積まれた。

悪党たちの振る舞いを物陰から昇太郎が凝視している。

昇太郎の目は〝左の眉の横に傷跡のある男〟に釘付けとなっていた。左腕には晒を巻いている。なかなか外そうはとしない。

（おとっつぁんの仇に違いない！）

一昨年《おととし》の、夜のことを思い出す。

脇差で父親を突き刺した太い腕。悶絶する父親の無念の表情。曲者の腕には赤犬の彫り物があった。

昇太郎は見開いた目を血走らせ、歯を食いしばって悪人たちを見張っている。

ついにあの男が腕の晒を解《ほど》いた。赤犬の入れ墨が露出した。

（やっぱりだ！）

昇太郎は父親の形見の脇差を握り締めた。

と、その時であった。

「そこで何をしていなさるんです？」

背後から素《す》っ頓狂《とんきょう》な声をかけられて、昇太郎は仰天して飛び上がった。

「三国屋の若旦那さん！」

銀八を従えた卯之吉が、のんびりと微笑を浮かべている。

「先ほどあなたの姿を遠目に見かけたものでねぇ。追ってきたんですけどね。なんだか切羽詰《せっぱつ》まったご様子だ。あたしはとんだお節介焼きでして、そういうお人は放っておけないんですよ。いや、本当に困った性分だ」

卯之吉の甲高《かんだか》い声は良く通る。悪党たちの耳にも届いた。皆、愕然としている。

卯之吉だけが剣呑な状況に気づいていない。

「おや、そこにお集まりの皆さんはなんですかぇ？　何をなさってるんでしょうかねぇ」

悪党たちは、当然ながら、激昂する。

「誰でぃッ」

猪五郎が叫んだ。手下たちにも油断はない。卯之吉と昇太郎と銀八はあっと言う間に取り囲まれる。銀八は腰を抜かした。

昇太郎もへたり込んでしまう。父の仇討ちだと気負っていても、しょせんは旅籠の主人の息子。形見の脇差も取り落とした。

悪党たちが卯之吉に提灯を向ける。すると猪五郎が驚愕して叫んだ。

「てっ、手前ぇは！　南町の同心、八巻！」

手下たちが目を剝いた。震え上がっている者もいる。

「南町の八巻だとッ？」

江戸一番の辣腕同心。噂に違《たが》わぬ神出鬼没ぶりだ。

猪五郎は歯嚙みした。

「やっぱり嗅ぎつけていやがったのか！　油断のならねぇ野郎だぜ！」

赤犬が吠える。

「取り囲めッ。四方八方から突き刺すんだッ。どんな使い手だろうとも仕留められねぇことはねぇ！」

悪党どもの刃が一斉に向けられる。皆、人殺しをなんとも思わぬ凶賊たち。放たれた殺気で草木の葉までがビリビリ震えた。

「若旦那さんッ」

昇太郎が悲鳴をあげた。卯之吉が突き殺される、と思ったのだ。

だが――、悪党たちの足がピタリと止まった。必殺の一歩を踏み出しさえすれば卯之吉を仕留めることができる。それなのに、その一歩を踏み出すことができない。

卯之吉は微動だにしない。泰然と構えている。

これが剣豪の風格か。同心八巻は江戸で五指《ごし》に数えられると評判の使い手だ。天下無双の達人である。

猪五郎の額に冷や汗が浮かぶ。

「な、なんだこの野郎、やけに落ち着き払っていやがる！　おいっ仙次！　手前ぇから突っかかれ！」

しかし、上州無宿の仙次も一歩が踏み出せない。青黒い顔からダラダラと冷や汗を滴《したた》らせる。

一歩踏み出した瞬間に卯之吉の刀が抜き放たれる。仙次の匕首は打ち払われ、返す刀で斬りつけられる――そんな自分の姿を、自分の死にざまを、まざまざと連想できた。

「くっ、くそっ……！」

それでも仙次は悪名高い凶賊だ。〝怖いもの無しの命知らず〟を看板にして、裏街道をのし歩いてきた。

「オイラの命と引き換えにしても、手前ぇを仕留めてやるッ」

意を決して突きかかる。卯之吉はまったく動かない。

「若旦那ッ」

銀八が悲鳴をあげた。

その時であった。荒海ノ三右衛門が卯之吉の前にサッと割って入った。手にした長脇差を一振りし、仙次の匕首を叩き落とす。

「手前ぇなんざ、八巻の旦那の手にかかる値打ちもねぇ。この三右衛門で十分だぜ」

そして猪五郎を睨みつける。

「このオイラから──いいや、八巻の旦那から逃れられると思うなよ猪五郎！手前ぇらの悪事なんざ、旦那は先刻《せんこく》お見通しだったんでぃ！」

銀八は（いいえ、たまたまここを通り掛かっただけでげす。若旦那はそちらさんたちが何者なのか、まったくわかっていねぇでげす）と言いたかったのだが、もちろん言えるわけもない。

周囲の暗闇から、荒海一家が現れた。

「やっちまえ！」

三右衛門が吠えた。荒海一家と猪五郎の手下が斬り結ぶ。殴ったり蹴ったりの乱戦が始まった。

三右衛門が昇太郎の肩に手を掛けた。

「無事か」

「親分さん、どうしてここに」

「お前ぇのおっかさんから話は聞いた。間に合って良かったぜ。それにしたってオイラとお前ぇの親の仇が、同じ悪党の一味だったとはな！」

仙次が斬りつけてくる。三右衛門は素早く身を翻《ひるがえ》すと長脇差を抜き、仙次の匕首を打ち払った。仙次も然《さ》る者、二度、三度と匕首を振るい、三右衛門と渡り合う。

昇太郎は形見の脇差を拾って立ち上がった。

三右衛門は前蹴りを仙次に食らわせた。武士の剣術ではあり得ない技だ。まともにくらって後ろに倒れた仙次を、ここぞとばかりに荒海一家の子分たちがこん棒で滅多打ちにした。

凶賊と荒海一家の戦いは続く。荒海一家の優勢だ。三右衛門が子分たちを励ます。

「八巻の旦那がお前たちの働きぶりを見守っていなさるぞ！　励みやがれッ」

卯之吉は泰然と立っている。その姿は、三右衛門の目には、配下の戦いを督戦《とくせん》する総大将のように見えていた。もちろん失神しているだけなのだが。盗っ人たちは次々と匕首を叩き落とされ、縄を掛けられていく。押し込み先では血の雨を降らした凶賊だったが、無抵抗の相手に刃を振るっただけに過ぎない。一方の荒海一家は江戸一番の武闘派だ。喧嘩や斬り合いではまったく相手にならなかった。

三右衛門は猪五郎を追い詰める。手にした長脇差の柄《つか》にペッと唾を吐いて湿らせて握り直した。

「よくも権平親分を殺しやがったな！」

猪五郎も侠客だ。たとえ劣勢となっても、負け惜しみだけは一流である。

「手前ぇも権平のところへ送ってやらぁ。親分子分の杯を、あの世で交わし直すがいいぜ！」

「くたばれッ」

長脇差を同時に突き出す二人。刀身と刀身がガッチリと食いあう。

鼻息を吹いて力み返って押し込む三右衛門。猪五郎は圧《お》されて背後に飛び退《の》く。三右衛門は追い打ちの一撃を繰り出した。

猪五郎は刀の鍔《つば》で打ち払った。

「往生際が悪いぜ、猪五郎！」

「しゃらくせえや！」

二人はまたもガッチリと刃を合わせた。力一杯に押し合う。と同時に三右衛門は自分の脚を猪五郎の脚に絡めた。猪五郎の踵《かかと》を蹴り払う。

軸足の踏ん張りを払われた猪五郎は蹈鞴《たたら》を踏んだ。すかさず三右衛門は長脇差を振るった。猪五郎の肩口を撃つ。

「ぐわっ！」

猪五郎は倒れた。肩を押さえて悶絶する。

「きっ、斬られた！」

三右衛門は怒鳴り返した。

「刃引きがしてあらぁ」

刀の刃をわざと削り落として斬れないようにしてある。これを刃引きという。峰打ちと同じだ。相手を生け捕りにするためだった。

とはいえ肩の骨は砕かれている。猪五郎はもう抵抗することはできなかった。

荒海ノ三右衛門は涙を流した。

「手前ぇだけは、この手で八つ裂きにしてやりてェ。だがな、今のオイラはヤクザ者じゃねぇ。八巻の旦那の御用を手伝う身だ。勝手に悪人を斬り殺すわけにゃあいかねぇんだ」

自分に言い聞かせるための言葉であったかもしれない。三右衛門は涙を呑みつつ、縄を出して、猪五郎を縛りつけた。

一味の者たちも次々と倒され、お縄にかかった。赤犬ノ六兵衛も追い詰められている。子分衆にこん棒で殴られ、弱ったところを寅三の峰打ちで倒された。

六兵衛は呻いて膝をつく。その襟首を三右衛門が摑んで立たせた。

昇太郎が震える足で前に出る。形見の脇差を両手で構えている。その切っ先も激しく震えていた。

「お、おとっつあんの仇だ！」

赤犬ノ六兵衛は、この期《ご》に及んでもふてぶてしい顔つきだ。

「なんだぁ手前ぇは」

「小諸の宿場でお前が手に掛けた金三郎《きんざぶろう》の一人息子だ！」

「小諸の金三郎だぁ？　憶えがねぇ」

「しらばっくれるな」

「どこで誰を殺したか、なんてぇこたぁ、いちいち憶えてねぇんだよ。オイラが今までに何人を殺したと思っていやがる」

「お前に取っちゃあ取るに足りない殺しだったかも知れねぇ。だけどオイラにとっちゃあ、たった一人のおとっつぁんだッ。許せねぇ！」

「ペチャクチャとうるせぇ小僧だぜ。こっちもヤクザだ。殺されるのも覚悟のうちの渡世人だ。さっさとやりやがれッ」

昇太郎は脇差を握り直す。「ウッ、ウッ」と呻いた。

しかし、六兵衛を突き殺すことは、どうしてもできない。

荒海ノ三右衛門が歩み寄ってきた。昇太郎の腕を上から握って押さえた。大きな手だ。

「もういい。お前ぇは良くやった。おとっつぁんの仇を見つけ出したんだ。悪党どもを一網打尽《いちもうだじん》にできたのはお前ぇの手柄よ。あとのことは八巻の旦那に任せるんだ。厳しく詮議してもらい、おとっつぁんの無念を晴らしていただけ」

「や、八巻の旦那って？」

「何を隠そう、あそこにおわすのが八巻の旦那よ。金持ちの若旦那に扮《ふん》して悪党どもに探りを入れていなすったんだ」

昇太郎はハッとして振り向いた。その目の先には泰然と立つ卯之吉の姿があった。気を失っていることがわからなければ、いかにも頼もしげな姿に見えた。

三右衛門は諭す。

「お前ぇの手は、まだ血で汚れちゃいねぇ。いつでも堅気に戻れるんだ。けれどな、ここであいつを殺しちまったら、お前ぇも人殺しの仲間入りだ。二度とお天道様《とうさま》の下を歩けなくなる。それじゃあおっかさんが悲しむだろう。八巻の旦那を信じて、旦那のご詮議に任せるんだ」

三右衛門は振り返って、猪五郎にも言い放つ。

「やいっ猪五郎。今のオイラは八巻の旦那の一ノ子分だ。権平親分の敵討ちは町奉行所に任せるぜ。野郎ども、引っ立てろ！ 番屋に連れていけッ」

悪党たちは引っ張られていく。昇太郎はその場にうずくまって号泣し始めた。

三右衛門は卯之吉に確かめる。

「旦那、これで良かったんでございやすよね。悪党どものご成敗、きっとお願《ねげ》ぇいたしやす」

失神から覚めた卯之吉は、なにがなんだかわからない。

「あ、ああ……。あたしが、まぁ、なんとかしようじゃないか」

などと適当に話を合わせた。

＊

猪五郎と一味の者たちは小伝馬町牢屋敷で詮議を受けている。悪事の数々が露《ろ》顕《けん》した。いずれ死罪は免れないだろう。

昇太郎と母親は江戸を去ることになった。小諸に帰る。卯之吉と濱島与右衛門は江戸の出口——板橋宿まで見送りに行った。

昇太郎は何度も何度も振り返って、卯之吉と濱島にお辞儀した。

卯之吉は濱島に説明する。

「昇太郎さんのおとっつぁんが宿場役人を殺した疑いですが、赤犬ノ六兵衛が捕まったお陰で濡れ衣が晴れました。昇太郎さんは父親の旅籠を継ぐことが許されて、元の宿場で暮らすことができるようになったのですよ」

「お上の慈悲もなかなかのものです」

「ええ、まあ」

「この一件を裁いたのは南町の八巻殿だと聞きました。噂に違わぬ大人物のようだ」

「えッ？　ええ……？」

卯之吉の正体は誰にも告げぬようにと昇太郎にも言いきかせてあった。だから濱島の耳には届いていない。

濱島は遠ざかる母子を見ている。

「幸せになると良いな」

「そうお感じになりますかね」

「短い間とはいえ、わたしの門人だったのです。幸せを願うのは師として当然でしょう」

濱島は立ち去る。相変わらず忙しい身のようだ。

卯之吉の関心は板橋宿に向いている。江戸四宿《ししゅく》のひとつ、板橋宿は、遊里としても有名だった。

「さぁて銀八。どこの座敷に揚がろうかねぇ」

ヒョコヒョコと歩んでいく。銀八はもう、諫言《かんげん》しても無駄なことを知り尽くしている。

「若旦那、お一人で勝手に歩いて行ってはいけねぇでげす。迷子になったら江戸に戻れなくなるでげすよ！」

大の大人が道に迷ったぐらいで家に帰れなくなるはずがないのだが、卯之吉だけは別である。銀八は慌てて追いかけて行った。

＊

両国の回向院は〝投げ込み寺〟だった。投げ込み寺とは、宗門人別帳《しゅうもんにんべつちょう》に記載のない者たちの死体を投げ込むための場所だ。

宗門人別帳とは、お寺が記載する檀家《だんか》の記録だ。戸籍の役割を持つ。記載から外された者は葬式もすることができない。供養もされない。

投げ込み墓地の一角に丸い石が据えられた。これが権平の墓石だ。

形ばかりの抹香《まっこう》があげられる。石の前に荒海ノ三右衛門がしゃがみ込み、両手を合わせた。

三右衛門の斜め後ろにおカネが立っている。権平の墓に参っているのは、この二人だけだった。

墓石には花が捧げられている。三右衛門はおカネに尋ねた。

「この花は、誰が献じてくれたんでぃ」

「南町の村田って同心が置いていったよ」

「あの同心、いつも威張り散らしていやがるが、良いところもあるじゃねぇか」

　それでもやはり寂しい墓だ。

「権平親分は、裏街道じゃあ名の知れた大親分だったんでぃ。お上の為に働き、弱い者を守るために踏ん張ったんだ。それなのに、まともな墓にも入れねぇ」

　三右衛門は真っ赤になった目を空に向けた。涙がこぼれないように、という痩せ我慢だ。

「ヤクザなんて、どんだけ格好をつけたって、そんなもんだぜ」

　自分に言いきかせるように言う。それから首を横に振った。

「猪五郎みてぇな野郎どもが仁義の道を踏み外し、金銭に目が眩《くら》んじまうのも、当然なのかもわからねぇな」

「でもさ、あんたは、そうしないんだろう」

「うん?」

「金銭を稼いだって、あんたの心は満たされないんだ」

「そうともさ。男伊達《おとこだて》がオイラの身上《しんじよう》だ。俠気《おとこぎ》ひとつで、金、金、金の世の中に歯向かってやる。……だけれど、それはオイラの身勝手かもしれねぇな。格好をつけたいだけなのかもわからねぇ。子分たちには苦しい暮らしをさせてるぜ」

「悪党の猪五郎には、悪党の子分しか集まらなかった。お前さんが一本筋の通った侠客だから、お前さんの回りには一本筋の通った男たちが子分として集まってくるのさ。金なんかには換えられないよ」

三右衛門はようやく笑みを取り戻した。

「たまには良いこと抜かしやがるじゃねぇか」

おカネは唇を尖《とが》らせる。

「たまには、ってのは、なんだい！　いつも良いこと言ってるだろうよ」

「いつも良いことを言ってるかもしれねぇけどな……」

「なんだい！」

「言い方が悪いんだよ」

おカネがギャンギャンといきり立つ。見かねた寺の僧侶がやってきた。「こちらは墓地ですので、どうぞお静かに」と注意するほどの大騒ぎをしつづけたのであった。

この作品は双葉文庫のために書き下ろされました。

双葉文庫

は-20-26

大富豪同心《だいふごうどうしん》

怪盗《かいとう》 世直《よなお》し衆《しゅう》

2023年5月13日　第1刷発行

【著者】

幡大介《ばんだいすけ》

【発行者】

箕浦克史

【発行所】

株式会社双葉社

〒162-8540 東京都新宿区東五軒町3番28号

［電話］03-5261-4818(営業部)　03-5261-4833(編集部)

www.futabasha.co.jp(双葉社の書籍・コミックが買えます)

【印刷所】

中央精版印刷株式会社

【製本所】

中央精版印刷株式会社

【フォーマット・デザイン】

日下潤一

ISBN978-4-575-67158-2 C0193
Printed in Japan